Margarete Lenk

Des Waldbauern Friedel

Verlag der Francke-Buchhandlung GmbH
Marburg an der Lahn

Verlag der Luth. Buchhandlung Heinrich Harms
Gr. Oesingen

CIP-Kurztitelaufnahme der Deutschen Bibliothek

Lenk, Margarete:
Des Waldbauern Friedel / Margarete Lenk. –
Marburg an d. Lahn : Francke ; Oesingen :
Verlag der Luth. Buchh. Harms, 1983.
(Edition C : H ; Nr. 15)
ISBN 3-88224-314-7 (Francke)
ISBN 3-922534-19-8 (Verl. d. Luth. Buchh. Harms)
NE: Edition C / H

3550 Marburg an der Lahn
Umschlaggestaltung: Gudrun Wagner
Gesamtherstellung:
St.-Johannis-Druckerei C. Schweickhardt,
7630 Lahr-Dinglingen
Printed in Germany 19510/1983

1. Vertrieben

Es war im Sommer des Jahres 1730. In dem wunderschönen Gebirgsländchen Salzburg, das im Süden Deutschlands, zwischen Bayern, Tirol und Österreich liegt, grünten die saftigen Wiesen, dufteten die dunklen Tannenwälder; und die untergehende Sonne vergoldete die Spitzen der gewaltigen Berge. Nicht allzuweit von einem kleinen gewerbfleißigen Städtchen stand am Bergeshang, von Waldbäumen beschattet, eine schlichte Hütte. Nur zwei Menschen wohnten darin: der Waldbauer Andreas, ein weißhaariger, aber noch sehr rüstiger Mann, und sein neunjähriger verwaister Enkel Fridolin, meist Friedel genannt. Einen schmuckeren Buben gab es wohl kaum in der ganzen Gegend! Hoch gewachsen, weiß und rot wie Milch und Blut, obgleich er sich von früh bis abends im Sonnenschein tummelte, mit lustigen, strahlenden Augen und weichem, dunklem Lockenhaar. Schon war er kräftig genug, dem Großvater bei der Bearbeitung des sehr kleinen Gütchens zu helfen, so daß die beiden, seit dem Tode eines alten, treuen Knechtes, ganz allein wirtschafteten.

Jetzt ruhten Großvater und Enkel am Waldesrand und schauten behaglich der schneeweißen Kuh und den fünf schönen Ziegen zu, die sich die würzigen Kräuter wohlschmecken ließen. Andreas hatte Brot und Käse und einen Krug Milch herausgeholt, denn in der Hütte war's noch heiß und dumpfig von der Sonnenglut des Tages.

Schweigend saßen sie beisammen. Sonst hatte der Alte am Feierabend gern geplaudert und erzählt; seit einiger

Zeit war er merkwürdig still. Aber sieh, jenseits der Wiese trat plötzlich ein stattlicher Hirsch mit majestätischem Geweih aus dem Waldesdunkel hervor und begann zu grasen. Wie festgebannt stand das zahme Vieh und schaute verwundert nach dem stolzen Gast hinüber; der Knabe aber betrachtete ihn mit atemlosen Entzücken. Aber nur zu bald gewahrte das herrliche Tier die Menschen, die es wohl schon als seine Feinde kennen mochte. Es warf den Kopf zurück und enteilte in mächtigen Sprüngen.

„Schade, daß du deinen Stutzen (kurze Flinte) nicht hier hattest", sagte Friedel, „sonst könnten wir morgen Hirschbraten essen."

„Nimmermehr! Das Hochwild ist nicht des Volkes; es ist des Erzbischofs."

„Das ist nicht recht! Es frißt unser Gras und bricht oft genug in unser Feld. Er hätt' es ja nicht gesehen, wenn du den Hirsch geschossen hättest! Er sitzt ja weit weg in seinem Palast in der Stadt Salzburg."

„Schäm' dich, so zu reden! Du weißt recht gut, daß es Gott gesehen hätte. Nein, nein! In allen irdischen Dingen wollen wir dem harten Herrn gern untertan sein; aber nimmer, nimmer hat er Macht über unsere Seelen!"

Der Alte hatte nur mit sich selbst gesprochen, doch war dem Kinde seine tiefe Erregung nicht entgangen, und es fragte ängstlich:

„Will der garstige Erzbischof deiner Seele was tun, Großvater? Wie kann er denn das? Sie ist ja ganz tief inwendig."

Andreas schwieg lange, dann zog er den Knaben an sich und begann:

„Du hast in deiner Einfalt wahr gesprochen, mein Kind; er kann meiner Seele nichts tun! Schon längst möchte ich dir etwas sagen, was du noch nicht ganz verstehen wirst, aber doch wissen mußt. Höre mir nun recht aufmerksam zu. Sag', weißt du denn, warum wir am Sonntag nicht in die schöne große Stadtkirche gehen, sondern in das ärmliche Kapellchen in der engen Gasse?"

„Hab' nimmer daran gedacht", gestand der Knabe. „Hab' aber 'mal in die große Kirch' neingeguckt, als die Tür weit offen stand. Ei, da ist's fein drin! Bilder gibt's und Figuren, und gleißt alles von Gold und Silber."

„Das glaub ich wohl! Aber sieh, der dicke Pater Ignatius führt die Leute in der schönen Kirche nicht den rechten Weg zum Himmel. Du kennst ihn doch, nicht wahr?"

„Es ist unser Herr Jesus Christus", erwiderte der Knabe feierlich; „wer an ihn glaubt, wird selig."

„Dabei bleib' fest dein Leben lang! So lehrt ja unser lieber Pfarrer mit großem Fleiß die Großen und Kleinen, und schöpft alle seine Lehre aus der lieben Bibel. Pater Ignatius verbietet aber die Bibel zu lesen. Er sagt, man solle sich den Himmel verdienen mit guten Werken; man solle die Jungfrau Maria und andere Heilige anrufen, die doch auch sündige Menschen waren. Sieh, so gibt's zweierlei Leut' hier. Die meisten folgen dem Pater, der kleine Teil dem Pfarrer. Bisher haben sie äußerlich Frieden gehalten; jetzt aber hat der Erzbischof befohlen, die wenigen, die das kleine Kirchlein besuchen, zu ängstigen und zu verfolgen."

„Aha!" lachte der Junge. „Nun weiß ich auch, warum mich des Müllers Sepp letzthin einen Ketzer schalt. Na, ich hab's ihm heimgezahlt, daß er heulend davonlief mit einer Beule am Kopf. Und ist doch älter als ich!"

„Das mußt du nicht tun! Weißt du nicht, wie geduldig unser Heiland litt, als man ihn beschimpfte?"

„Ach, Großvater, das geht ja mit dem Sepp nimmer. Der tät ja gleich —"

„Schweig, törichtes Kind! Ich verbiete dir ernstlich, dich zu rächen, wenn man dich deines Glaubens wegen beschimpft."

Zwei große Tränen, die über das ehrwürdige Antlitz des Alten in den weißen Bart rollten, stimmten den Knaben plötzlich weich und ernst. Liebkosend schmiegte er sich an den Alten und sprach leise:

„Sag' mir doch alles; ich will ja brav sein. O Großvater, ich will auch 'mal in den Himmel kommen, wo mein Herzensmütterle ist und der Vater, den ich kaum gekannt!"

„Nun, so höre! Ringsum im Salzburger Land gibt's in Städten und Dörfern noch viele Leut', die den rechten Glauben haben. Bisher hat man sie geduldet, denn sie sind gar friedlich, fleißig und sehr geschickt in allerlei Kunst und Handwerk, so daß sie viel Gewinn ins Land bringen. Aber der Erzbischof Firmian ist herrschsüchtig und hartherzig. Er will durchaus, daß wir alle unsern Glauben abschwören und wieder zu des Papstes Kirche kommen sollen."

„Wer ist nur der Papst, Großvater? Ich hör' allweil' von ihm und möcht's wissen."

„Das ist der alleroberste Priester der Kirche, die sie katholisch nennen. Gar reich und mächtig wohnt er in der herrlichen Stadt Rom. Er sagt, er sei Petri Nachfolger und Christi Stellvertreter auf Erden."

„Glaub ich nimmer! Ist doch der liebe Heiland selber bei uns! Was braucht's einen Papst?"

„Das ist wahr. Wir nennen ihn den Antichrist und das Kind des Verderbens. Dabei bleib' nur fest, mein Kind. Denk' nur, man will uns unsere Bibeln wegnehmen; und unsere schönen Lieder sollen wir nicht mehr singen!"

„Nun sing' ich grade recht, zum Trutz!"

„Das ist brav; so denken wir alle. Und damit wir recht fest bleiben, sind unsere Ältesten (d. h. Vorsteher) aus dem ganzen Land zusammengekommen heimlich bei Nacht in dem wilden, dunklen Felstal, wo die Schwarzach schäumend durchbraust —"

„Ist's das, wo wir neulich hinabgeschaut haben, als wir so hoch zu Berg gestiegen waren?"

Der Großvater nickte.

„Hu, 's war schauerlich da unten."

„Freilich! Aber dort waren sie ganz sicher vor des Erzbischofs Lauschern, die immer aufpassen, was wir tun. Da haben wir alle gebetet und einander die Hand gereicht, und feierlich geschworen, dem rechten Glauben treu zu bleiben bis zum Tode."

„War mein Pate Rudi auch dabei?"

„Gewiß; er ist ja der Älteste unserer Gemeinde. — Du bist ein junges Kind und begreifst noch wenig. Aber sag', willst du denn nun recht fleißig lernen und alles zu Herzen nehmen, und fest dabei bleiben, was auch kommen möge?"

„Ich will, Großvater! Gewiß, ich will! Aber jetzt bin ich so müd' und möcht' schlafen gehen. Wir haben heute wacker geschafft."

„So komm, ruf' die Ziegen; laß uns hineingehen, beten und in Gottes Schutz ruhen."

In den nächsten Tagen und Wochen blickte der Knabe oft ängstlich nach dem Städtchen herab, ob etwa jemand kommen werde, um ihm und dem Großvater den rechten Glauben wegzunehmen. Wie das geschehen sollte, war ihm nicht recht klar; doch ballte er tapfer die derben Fäuste und meinte, er wolle sich schon tüchtig wehren.

Da aber nichts dergleichen geschah, schlug er sich's bald aus dem Sinn und ward wieder leichtherzig wie zuvor. Der Großvater behandelte ihn liebreicher als je, hielt ihn aber streng zur Arbeit und ließ ihn nie mehr allein in die Stadt laufen, um allerlei zu besorgen, wie sonst wohl geschehen war. —

Der Sommer schied; der Herbst schüttelte das Laub von den Bäumen, und endlich tanzten die ersten Schneeflocken in der Luft. Bald war's aus mit der Arbeit im Freien. Nun mußte sich der Wildfang wieder fleißig im Lesen, Schreiben und Rechnen üben, und der Großvater suchte ihm mit viel Geduld und Weisheit die Hauptlehren des Christentums ins Herz zu prägen. Der Knabe lernte willig und sammelte in dieser Zeit einen Schatz köstlicher Bibelsprüche, deren Verständnis ihm erst später aufging; und die herrlichen Lieder, die er mit dem Großvater sang, begleiteten ihn wie Trostengel durchs ganze Leben.

In diesem friedlichen, aber doch einförmigen Winterleben waren die Sonntage rechte Lichtblicke, die man mit Freuden begrüßte. Da wanderten die beiden zusammen zum lieben Kirchlein und blieben dann über Mittag bei dem Paten Rudi, wo es stets etwas Gutes zu essen gab. Unendlich viel Schönes war beim Paten Rudi zu sehen. Seine große, helle Stube hatte buntgemalte Wände, an denen allerlei Bilder hingen. Schrank und Truhe waren glänzend poliert und mit Silber beschlagen. Aus der großen Wanduhr trat beim Stundenschlag ein possierliches Männlein hervor und machte Diener. An dem Kachelofen konnte man die ganze Geschichte des Erzvaters Abraham betrachten. Das Beste aber war ein dickes Buch mit vielen seltsamen Holzschnitten; eine unversiegbare Freude für den lebhaften Knaben. Da gab es Ritter mit Schwert und Schild, Könige mit Krone und Zepter, Löwen, Elefanten und Affen, ja, sogar große Segelschiffe und schwarze Menschen. War die lebhafte Einbildungskraft des Knaben durch das Betrachten dieser Wunderdinge angeregt, so schlüpfte er gern hinaus in die kleine ziemlich düstere Küche, wo die alte Magd Zenzi spinnend oder strickend am Herdfeuer saß. „Zenzi, ein Märlein!“ bat er dann, sich auf den Schemel ihr zu Füßen setzend. „Weiß keins mehr“, brummte sie regelmäßig, fing aber doch bald an zu erzählen, denn ihr Schatz an Märchen, Sagen und Abenteuern war unerschöpflich.

Was der Knabe da von Riesen und Zwergen, Nixen und Feen und wunderschönen Prinzessinnen hörte, erschien dem Großvater höchst unnütz und töricht. Der mildgesinnte Pate aber sprach: „Laß ihn gewähren! Junges Blut will auch Kurzweil haben und heiteres Spiel. Er weiß wohl, daß das doch nur Scherz ist; es tut ihm keinen Schaden. Gott läßt ja auch Blümlein wachsen, nicht nur Korn und Weizen."

Ach, Friedel sollte bald genug keine Märlein mehr hören! Eines Sonntagmorgens, als er geschäftig alles zum Kirchgang rüsten wollte, sprach der Alte mit beklommener Stimme:

„Brauchst dein neues Wämsli nicht anzuziehen; 's gibt keinen Kirchgang heute."

„Aber, Großvater, sieh doch, wie schön die Sonne scheint! 's ist auch nicht kalt."

„Das weiß ich wohl; aber 's Kirchlein ist zugeschlossen."

„Ei, der Herr Pate hat ja den Schlüssel!"

„Der wird's nimmer aufschließen", rief Andreas plötzlich in Tränen ausbrechend. „Er liegt im finstern Kerker, und unser lieber Pfarrer auch!" Damit barg er das Antlitz in die Hände und schluchzte laut.

Das konnte Friedel nicht ertragen. Er schlang die Arme um seinen Hals, liebkoste ihn zärtlich und schlug vor, schnell alle guten Leute zusammenzurufen und die Gefangenen mit Gewalt zu befreien.

Traurig schüttelte der Großvater den Kopf. „Du sprichst wie ein dummes Kind. Mit Gewalt ist hier nichts getan. Die Zeit der Not und Versuchung ist gekommen; Gott gebe nur, daß wir alle treu bleiben!"

Nicht nur die Kapelle des Städtchens hatte man verschlossen, sondern alle protestantischen Kirchen im Salzburger Lande. Die Prediger und Ältesten warf man ins Gefängnis, damit sie ihre Glaubensbrüder nicht stärken und ermahnen konnten. Die verlassenen Gemeinden sollten mit allen nur erdenklichen Mitteln zum Papsttum zurückgeführt werden.

So verging das Jahr 1731 bis zum Herbst in großer Sorge und Unruhe. Viele, viele schmachteten im Gefängnis. Andern hatte man Hab und Gut genommen; und endlich erließ der grausame Erzbischof den Befehl, daß alle, die sich nicht zum Papsttum bekehren wollten, binnen wenig Wochen aus dem Lande weichen müßten. Der Winter, der in jener Gebirgsgegend viel Schnee und Eis bringt, war dicht vor der Tür, aber das kümmerte den Erbarmungslosen nicht. Jammer und Herzeleid herrschte in den Häusern der Frommen; doch trösteten sie einander mit Gottes Wort und rüsteten mutig und ergeben zum Auszug. Von den Gefangenen waren nicht wenige in den feuchten Kerkern gestorben; die übrigen ließ man nun frei, damit sie, matt, krank und bleich, die beschwerliche Wanderung antreten möchten.

Aber noch war des Bischofs unersättlicher Haß nicht befriedigt. Er ersann eine Qual für die Armen, die man wohl teuflisch nennen kann. Er ließ vielen, besonders den Vornehmen und den eifrigsten Bekennern, ihre Kinder wegnehmen, um sie in Klöstern erziehen zu lassen. Was da für Jammer und Wehklagen aus den Elternherzen zu Gott emporgestiegen sein mag, ist nicht auszudenken!

Der alte Andreas wußte noch nichts von diesem letzten Anschlag des Tyrannen. Eifrig rüstete er mit Friedels Hilfe die wenige Habe, die er mitführen konnte, denn in drei Tagen wollte man die Wanderung beginnen. Die Angst und Aufregung der letzten Monate hatten ihn sehr verändert. Seine kräftige Gestalt war gebeugt, sein leuchtendes Auge matt geworden; er war kein starker Mann mehr, sondern ein müder Greis.

Friedel dagegen war frischer und mutiger als je. Wohl tat ihm zuweilen das junge Herz weh beim Gedanken an den Abschied von der geliebten Heimat; aber bald schlug es wieder freudig in Erwartung alles Wunderbaren, das er auf der Wanderung zu erleben hoffte.

Aber horch! Es klopft gewaltig an die Tür, die man in dieser angstvollen Zeit stets verschlossen hält.

„Im Namen des Erzbischofs! Öffnet!“ ruft eine rauhe Stimme, und zwei kräftige, wohlgenährte Mönche betraten das niedere Gemach.

„Was wollt ihr?“ fragte Andreas mit tiefem Ernst. „Ihr seht, ich rüste zum Auszug. Verschwendet eure Worte nicht mehr an mich.“

„Damit ist's vorbei, starrköpfiger Alter“, erwiderte der eine mit häßlichem Lachen. „An dir ist wenig gelegen; aber diesen schmucken Buben will die Gnade des Erzbischofs vom Verderben erretten. Wir sind gesandt, ihn ins Kloster abzuholen. Aller Widerstand ist vergebens.“ Damit packte er den Knaben mit festem Griff am Arme.

„Mein Kind! Mein Kind!“ jammerte der Alte, wollte aufstehen und es an sich ziehen, aber die Kraft versagte ihm; der Schreck war allzu groß gewesen. Er wankte und sank ohnmächtig auf die Bank zurück.

Friedel aber sträubte sich gewaltig gegen die Mönche, schrie, schlug und stieß mit Händen und Füßen um sich, kratzte und biß. Bald aber sah er, daß es ihm zwei starken Männern gegenüber gar nichts nützte. Da ward er plötzlich ruhig und ließ sich ganz geduldig fortführen.

Als der Greis aus seiner Ohnmacht erwachte, war die Hütte leer, wenige Minuten hatten ihn des einzigen irdischen Glücks beraubt, das er noch besessen. „O barmherziger Gott“ seufzte er, „nimm doch meine müde Seele zu dir! Was soll ich auf der Wanderschaft? Ich werde nur eine Last sein.“

Wie er die drei Tage überstand, war ihm selbst unbegreiflich. Sein einziger Trost war, inbrünstig für das Seelenheil seines Lieblings zu beten. Zuweilen trat er hinaus vor die Hütte, um nach dem Kloster hinüberzuschauen, dessen Mauern und Türme etwa eine Stunde weit entfernt in der Wintersonne glänzten. Wie mochte es dem Kinde gehen? Ach, es war ja kaum möglich, daß es treu bleiben konnte! Es war noch allzu jung, leichtherzig und unwissend.

Am letzten Abend übermannte ihn die Müdigkeit; er streckte sich aufs harte Lager und schlummerte einige Stunden. Da weckte ihn mitten in der Nacht ein leises Klopfen an der Tür. Erschrocken fuhr er auf. Wer mochte es sein? Was konnte man ihm noch rauben wollen? Aber, o Wunder! Draußen tönte eine traute Kinderstimme: „Ich bin's, Großväterle; dein Friedel. O, laß mich ein; geschwind, geschwind!" Und im nächsten Augenblick hing der Knabe jauchzend an seinem Halse.

„Hast du nicht gleich gedacht, daß ich wiederkommen würde?" fragte er. „Ganz zufrieden hab' ich mich gestellt, gegessen, gelacht und gespielt wie die andern Kinder. Da ließen sie mich bald außer acht, und ich konnt' mir die Gelegenheit zur Flucht besehen. Diese Nacht, als mein Bettgenoß fest schlief, und der Mönch, der uns hüten sollt', gewaltig schnarchte, hab' ich leise das Fensterlein geöffnet. 's war eben weit genug zum Durchschlüpfen. Am Weingeländer hinab in den Garten, vom hohen Baum hinauf auf die Mauer, und von da in gewaltigem Sprung hinaus ins Freie, gerade in einen Schneehaufen, den der Sturm zusammengeweht. Ja, ja, sie wußten nicht, wie ich klettern und springen kann! Vorher hatt' ich aber heiß gebetet, Großvater, so heiß wie noch nie. Und sieh, Gott hat mir geholfen!"

„Mein Herzenskind, o Gott sei ewig Lob und Dank! Vergiß es nie, im ganzen Leben nicht, mein Friedel! Aber du zitterst vor Kälte; lege dich nieder, daß ich dich in die Wolldecke hülle."

„Nein, Großvater, das geht nicht. Wir müssen fort, gleich, noch in der Nacht. Sie kommen gewiß, mich zu suchen. Da müssen sie die Hütte leer finden, und wir müssen weit weg sein.“

„Du hast recht, Bübli; ruh' nur ein Weilchen, bis ich uns Milch wärme und noch ein Bündlein schnüre mit deinen Sonntagskleidern und was dir sonst noch wert ist.“

In einer halben Stunde schritten sie über die Schwelle der geliebten Hütte, so schwer beladen, wie es ihre schwachen Kräfte erlaubten. Andreas betete:

„In Gottes Namen fahren wir;
Sein heil'ger Engel geh' uns für,
Wie dem Volk aus Ägyptenland,
Das entging Pharaonis Hand. Kyrieleis!

Herr Christ, du bist der rechte Weg
Zum Himmel und der einz'ge Steg.
Hilf uns Pilgrim' ins Vaterland,
Weil du dein Blut hast dran gewandt. Kyrieleis!

Schnell über die mit leichtem Schnee bedeckte Wiese schreitend, erreichten sie bald das Waldesdunkel, wo sie vor Wind und Kälte ziemlich geschützt waren.

„Wo gehen wir hin, Großvater?“ fragte der Knabe leise.

„Nach der Höhle, wo wir schon einmal rasteten, wenn uns beim Holzfällen ein Wetter überraschte. Dort mußt du schlafen bis zum Morgen. Dann geht's weiter auf Umwegen zum Sammelplatz der Unsern, weit unten im Tal. Sieh, es schneit wieder; das ist gut. Sie werden unsere Fußspuren nicht finden.“

„Ziehen alle frommen Leute aus dem ganzen Lande miteinander fort?“ fragte Friedel weiter.

„O nein! Es sind ganz mächtig viel; wohl dreißigtausend. In viele Züge geteilt, werden sie nach verschiedenen Richtungen hin wandern.“

„Ist denn Platz für alle draußen in der Welt? Ist sie so groß?“

„O Kind, die Welt hat Raum für Unzählige! Aber ob wir alle liebreiche Aufnahme finden werden in der Fremde, das steht bei Gott. Etliche wollen sogar übers Meer ziehen ins ferne Land Amerika. Die meisten hoffen Zuflucht zu finden bei dem Preußenkönig, der ein frommer Mann und uns wohlgesinnt ist.“

„Aber wir, Großvater? Gelt, wir fahren mit übers Meer in einem großen Schiff, wie in des Paten Buch abgemalt ist? Das muß gar herrlich sein!“

„Ach Kind“, seufzte der Alte, „bitte Gott, daß meine Kräfte aushalten bis zum Sammelplatz; weiter denk' noch nicht! Sieh, hier ist unsere versteckte Höhle; das Mooslager drin ist noch weich und trocken. Laß uns ruhen bis zur Morgendämmerung.“

2. In der Talmühle

Noch lag am nächsten Morgen mattes Dämmerlicht über dem Städtchen und seiner Umgebung, da ward es schon auf allen Pfaden, die nach Norden zu hinab ins Tal führten, lebendig. Und als die Sonne endlich emporstieg, herrschte auf der großen Wiese, wo man sonst allerlei ländliche Feste zu feiern pflegte, ein buntes, reges, aber ach, so trauriges Leben. Kein Lachen, Singen und Jauchzen war zu hören; wohl aber brach hier und da ein gequältes Herz in lautem Jammer aus. Tröstend, ordnend und ermahnend gingen ernste rüstige Männer zwischen den Betrübten umher, und allmählich bildete sich der Zug. Auf hochbepackten, von Pferden oder Kühen gezogenen Wagen führte man allerlei Hab und Gut mit sich; auch die Kranken und Schwachen hatte man darauf gebettet und so gut wie möglich vor der Kälte geschützt. Da gab es Kindlein, die vielleicht erst gestern das Licht der Welt erblickt, Greise, die wohl kaum noch einige Wochen zu leben hatten; alle wurden erbarmungslos hinausgejagt in die rauhe, kalte Welt.

„Wo ist Vater Andreas?" fragte der Pate Rudi, der bleich, matt und sehr gealtert unter dem leinenen Schutzdach eines Wagens lag. „Hier wäre noch ein Plätzchen für ihn und meinen Liebling, den Friedel."

„Er wird wohl unter denen sein, die dort schon den breiten Pfad entlangziehen. Er ist ja überall mutig voraus! Legt euch nur wieder nieder und versucht ein wenig zu schlummern. Am nächsten Ruheorte treffen wir wohl den Andreas."

Bald war alles in Bewegung, und der traurige Zug verschwand allmählich hinter einer vorspringenden Anhöhe. Weinen und Klagen war verstummt, aber durch die klare Winterluft schallten die Töne eines frommen Pilgerliedes:

„In Gottes Namen scheiden wir;
Sein göttlich Wort bekennen wir
Und seiner Gnad' begehren wir,
Des rechten Glaubens leben wir. Kyrieleis!

Freund' von Freunden geschieden sind;
O Herr, bewahr' die armen Kind'
Und all', die hier vorhanden sind,
Vor Unglück und vor böser Stund'! Kyrieleis!

Geleit uns Gott in Ewigkeit
Durch seine groß' Barmherzigkeit.
Der geb' uns heut ein gut Geleit,
Mit Leib und Seele Sicherheit. Kyrieleis!"

Während nun unter diesen grausam Vertriebenen kein Wort des Grimmes oder der Rache laut ward, trug der Morgenwind den Schall der Glocken zu ihnen herüber, die den Dankgottesdienst einläuteten, den der Erzbischof halten ließ, weil die Stadt und Umgegend von den „greulichen Ketzern" befreit war. Der Papst aber rühmte gewaltig die große Heldentat des Tyrannen. –

Pate Rudi hoffte vergebens, seinen alten Freund am nächsten Rastorte zu finden. Etliche meinten, er sei wohl schon voraus; andere, er habe sich der kleinen Schar angeschlossen, die einen etwas weiteren, aber bequemeren Weg talabwärts eingeschlagen hatte, um sich erst später dem Zuge anzuschließen. An Warten oder Nachforschen war nicht zu denken; mußte man doch eilen, für die nächste Nacht ein Städtchen oder größeres Dorf zu erreichen.

Ach, wo war der müde Greis und der hilflose Knabe? In der Morgendämmerung hatten sie die schützende Höhle verlassen; Friedel ganz frisch und munter, Andreas aber krank und elend. Sein Kopf schwindelte, die Glieder zitterten, sein Auge war matt, und seine Gedanken unklar. Die Nachtkühle hatte ein Fieber zum Ausbruch gebracht, das dem durch Angst und Kummer geschwächten

Körper schon lange drohte. Mühsam schleppte er sich vorwärts, und das Bündel auf seinen Schultern drückte schwerer und schwerer. Da konnte es geschehen, daß er den schmalen, versteckten Pfad, den man einschlagen mußte, um zur Talwiese zu kommen, versah, und nach und nach in der sehr einsamen Gegend gänzlich in die Irre geriet.

„Großvater", sprach Friedel endlich, „der Weg kommt ja gar nicht; wir wandern schon lang. Die Welt sieht heut so anders aus als sonst. Ich möcht' auch was essen!"

„Armes Kind! Ich vergaß ganz, wie hungrig du sein mußt. Dort unter der breitästigen Tanne ist ein guter Ruheplatz. Gott wird uns dann schon den Weg zeigen."

Sie ruhten lange. Die Sonne schien freundlich und schmolz bald den leichten Schnee; es war nicht sehr kalt. Friedel sprach dem Brot und Käse tapfer zu; Andreas konnte nichts essen, schlummerte aber, an den Baumstamm gelehnt, ziemlich lange. Dann machten sie sich wieder auf.

Es war nun Mittag vorüber und gar keine Hoffnung mehr, den Zug zu erreichen. Aber ein Obdach für die nächste Nacht mußte sich ja finden, sei es auch nur in einer einsamen Jäger- oder Köhlerhütte. Sie wanderten kreuz und quer, aber die Gegend blieb einsam und ward Schritt zu Schritt rauher und wilder. Auch Friedels Mut fing an zu sinken, und seine Kraft war erschöpft. Weinend schmiegte er sich an den Großvater, als sie wieder einmal ruhten. Es war mitten im Walde am Ufer eines Baches, der über Steingeröll hüpfend in schäumenden Wellen bergab eilte.

„Fürchte dich nicht, mein Kind!" sagte der Alte mit matter Stimme. „Gott ist bei uns; er verläßt uns nicht. Und selbst wenn er mich zu sich holen würde, und du allein bliebest, verzage nicht! Weißt du noch den schönen Vers, den du neulich lerntest: ‚Unverzagt —'?"

„Ja, Großvater", erwiderte das Kind, tapfer seine Tränen trocknend:

„Unverzagt und ohne Grauen
Soll ein Christ, wo er ist,
Stets sich lassen schauen." —

Horch! Bellt da unten im Walde nicht ein Hund? Jetzt wieder! O komm, Großväterle! Versuch' doch aufzustehen! Wo ein Hund ist, ist wohl auch ein Mensch!"

Mühsam erhob sich der Alte; ganz pfadlos gingen sie am rauhen, steinigen Ufer des Baches hin, der schnell breiter und reißender ward. Aber schon nach wenig Minuten verließen den Alten die Kräfte; zwischen den feuchten Steinen sank er zusammen und vermochte sich nicht wieder zu erheben. Mit Mühe schob ihm der Knabe sein eigenes kleines Bündel unter den Kopf und versuchte ihn etwas bequemer zu legen.

„Wart' nur ein ganz klein Weilchen", tröstete er; „ich lauf' schnell und hol' gute Leute, die uns helfen."

„Gott geb's, mein armes Kind!" flüsterte der Greis. „Küsse mich noch einmal. Oh, Gott erbarme sich deiner, mein Liebling!"

Wieder und wieder küßte der Knabe das kalte, bleiche Antlitz des Liegenden. Es ward ihm gar so schwer, ihn zu verlassen; das liebe Gesicht sah so verändert aus. Aber er mußte ja Hilfe holen; Großvater sollte bald einen Trunk heiße Milch haben und vielleicht auch ein warmes Lager.

Tapfer drang er vorwärts. Dichtes Dorngestrüpp versperrte ihm oft den Weg, riß ihm die Hände blutig und manches Loch in sein Röcklein. Oft war er nahe daran, entmutigt umzukehren, aber das Bellen des Hundes lockte ihn immer wieder vorwärts. Da plötzlich, als er sich durch eine Reihe dichter niedriger Nadelholzbäume gedrängt, war er am Ziel. Ein freier ebener Platz lag vor ihm, ringsum dichter Wald. In raschen Wellen eilte der Bach hindurch, und an seinem Ufer stand ein Häuschen, der lieben heimatlichen Hütte ganz ähnlich, von rohen Steinen gebaut, mit weit vorstehendem Dach, niederer Tür und kleinen blanken Fenstern. Daneben aber klapperte, vom strömenden Wasser getrieben, lustig ein Mühlrad.

Mit raschem Blick hatte der Knabe das langersehnte Bild geschaut. O weh! Da kam mit wütendem Gebell ein großer zottiger Hund auf ihn zugestürzt. Sollte er fliehen? Ach nein; Großvater mußte Hilfe haben! Tapfer trat er dem Tier entgegen, den kleinen Wanderstab drohend erhoben. Da öffnete sich die Tür des Häuschens, und ein Mann trat heraus, dessen Anblick ihn noch mehr erschreckte als der des Hundes. Ach, er sah aus wie die Riesen, die die alte Zenzi so schrecklich zu schildern verstand!

Groß und stark, mit struppigem, langem schwarzen Haar und Bart, war er nur mit einem Kittel bekleidet, der aus dem Fell eines Bären gemacht war. In der Hand einen langen dicken Stock, trat er mit wilder Gebärde und zornigem Blick auf den kleinen Eindringling zu. Der aber hatte sich bereits gefaßt. Sobald der Hund auf den Ruf des Mannes von ihm abließ, faltete er die Hände und sprach laut:

„Unverzagt und ohne Grauen
Soll ein Christ, wo er ist,
Stets sich lassen schauen.“ —

„Ist das dein Gruß?“ fuhr ihn der Fremde an. „Wie wagst du in meinen Zauberkreis zu dringen?“

„Ich hab’ nicht gewußt, daß es ein Zauberkreis ist“, erwiderte Friedel. „Aber ich bitt’ Euch, wenn Ihr ein guter Riese seid, so helft doch meinem Großvater! Er liegt oben im Walde und kann nimmer aufstehen.“

„Was treibt ihr euch im Wald umher, ein Alter und ein Kind?"

„Wir wären ja gern im Hüttli geblieben, aber der Erzbischof Firmian hat uns in die Welt hinausgejagt."

„Warum?"

„Weil wir allein zum Himmelsvater beten und zum Heiland, und weil wir den Papst nicht mögen."

„Es ist genug! Du bist ein tapferer Bub! Ich hätt' dir kein Leid getan, auch wenn du aus Vorwitz hergekommen wärst. Aber da der Firmian dein Feind ist, bin ich dein Freund und will dir helfen!"

Er legte die Finger an den Mund und tat einen lauten Pfiff. Alsbald trat hinterm Hause ein Männchen hervor, klein und bucklig, eine spitze Mütze auf dem runden Kopf, die grobe Kleidung ganz von Mehl bestäubt. Ja, es war kein Zweifel: Friedel war in Zenzis Märchenland geraten, denn zu dem Riesen kam nun auch ein Zwerg.

„Tobi", gebot der Riese, „laß dir drinnen die Flasche mit Lebenswasser geben und komm! 's liegt einer droben im Walde elend. Wir wollen ihn herholen."

Verwundert blickte das Männlein auf; es hatte freundliche, sanfte blaue Augen. Ohne ein Wort zu erwidern, horchte es, und sogleich waren die drei auf dem mühsamen Weg die Schlucht hinauf. Schwanzwedelnd umhüpfte sie jetzt der Hund. Es begann schon zu dämmern, als sie die Stelle erreichten, wo der Arme lag. Schon von weitem hatte Friedel fröhlich gerufen: „Wir sind gerettet, Großväterle! Gute Männer kommen! Bald sollst du warm und sicher liegen." Aber kein Gegenruf war erschollen.

Nun warf sich das Kind bei dem Geliebten nieder und küßte seine Stirn, um ihn zu wecken. Aber erschrocken fuhr es auf: „Hu, wie kalt ist mein lieb Großväterle! Wie eisig kalt!" Der kleine Mann beugte sich herab, um dem Kranken einige Tropfen des starken Getränkes einzuflößen, richtete sich aber sogleich wieder empor und sprach leise: „Der ist ja tot!“

Die Worte waren wohl nur für den großen Mann bestimmt, doch Friedels feines Ohr hatte sie auch vernommen. „Tot?“ rief er. „Mein einzig Großväterle ganz tot?“ Laut aufschluchzend warf er sich über den Leichnam hin. Die lang angespannte Kraft versagte plötzlich; das Bewußtsein schwand. Er lag in tiefer Ohnmacht.

Wie lange er ohnmächtig gelegen, wußte er später nicht mehr. Wohl fühlte er, daß man ihn forttrug, war aber nicht imstande, zu sprechen oder zu widerstreben. Auch als jemand ein warmes Getränk an seinen Mund hielt, nahm er ein paar Schlucke, ohne die Augen zu öffnen, und sank gleich wieder in Betäubung zurück.

Endlich aber ward daraus ein langer, fester Schlaf, aus dem er gesund erwachte. Sein Lager war warm und weich, ringsum alles still. So meinte er, alles, was er in der letzten Zeit erlebt, sei nur ein böser Traum gewesen, und er läge im lieben Hüttli an des Großvaters Seite.

„Ist's schon Tag, Großväterle?“ fragte er schlaftrunken.

„Schon längst!“ sprach eine helle, feine Kinderstimme.

Da fuhr er empor und blickte in ein Gesichtchen, so hold und lieblich, wie er's nimmer geschaut. Augen so blau wie Vergißmeinnicht, Wangen wie zarte Röslein, Lockenhaar wie fein gesponnenes Gold.

„Bist du ein Englein?“ fragte er, sich plötzlich besinnend und die Hände faltend. „Bin ich auch schon tot und im Himmel? Oh, wo ist der Großvater? Wo ist der Herr Jesus? Ich möchte zu ihnen!“

„Ich bin ja kein Englein“, war die Antwort. „Du bist nicht im Himmel! Schau doch auf; du bist in der Talmühle, und ich bin des Talmüllers Ännchen.“

Friedel erhob sich und sah verwundert umher in einem sauberen, aber ärmlichen Gemach.

„Aber mein Großvater, wo ist er? Was haben sie mit ihm gemacht?“

„Er war ja eingeschlafen“, sagte das Kind, die Händchen faltend. „Da haben sie ihn zu Bett gebracht draußen im Walde, wo es still und friedlich ist. Dort schläft er, bis ihn der Himmelskönig weckt, wenn er wiederkommt am Jüngsten Tage.“

„Wer sagte dir's?“

„Die Mutter.“

Erstaunt und noch halb träumend schaute Friedel das Englein im geflickten Zwillichröckchen an, das so zuversichtlich große Worte sprach. Aber ach, als der Bann des Schlafes sich allmählich löste, ward es ihm klar, daß er ja nun ganz, ganz allein sei auf der Welt. Den Großvater hatte man im wilden Walde begraben, die Freunde und Glaubensgenossen waren weit fortgezogen; er aber in der Gewalt der märchenhaften Gestalten, die er am Abend zuvor gesehen, hilflos zurückgeblieben. Da machte sich sein starkes, feuriges Gemüt in wildem Schmerze Luft.

„Großvater! O Großvater!“ schrie er händeringend. „Nimm mich mit in den Himmel! Oh, Herr Jesu, komm doch gleich jetzt zum Jüngsten Tag und weck' mir den Großvater! Sonst will ich auch sterben, jetzt gleich! Oh, ich kann, ich kann nicht leben so ganz allein!“ Heiße Tränen stürzten dabei über seine Wangen.

Tief erschrocken stand das Mägdlein dabei und wagte nicht, so großen Jammer zu stören. Endlich faßte sich's ein Herz, legte die kleine Hand auf die Stirn des Gastes und sprach leise:

„Ich hab' dich schon lieb; da bist du nicht ganz allein. Und Mütterle hat gesagt, ich soll dich nicht weinen lassen. Du sollst essen, wenn du aufgewacht bist.“

Das Händchen war so weich und warm, die Stimme so

sanft und das Wort „essen“ brachte ihn plötzlich auf andere Gedanken. Er fühlte ja einen nagenden Hunger, hatte seit gestern mittag nichts mehr genossen. Halb widerwillig trocknete er seine Tränen und schaute zu, wie das Kind vorsichtig ein dampfendes Schüsselchen vom Herd nahm und auf den Tisch stellte, einen Löffel und ein großes Stück Brot dazulegte und ihm freundlich winkte. Er folgte, und die Natur behauptete ihr Recht; es schmeckte köstlich! Dienstfertig brockte Ännchen das Brot in die fette Ziegenmilch und sah befriedigt zu. Als die Schüssel leer war, hielt der Gast Umschau in dem niedrigen, aber geräumigen Gemach. Es sah ganz ähnlich drin aus wie daheim im Hüttli: der schwarze Rauchfang überm Herd, die Bank längs der Wand, ein paar Schemel, zwei buntbemalte Truhen, schlichtes Hausgerät auf Wandbrettern. In der besten Ecke hing ein kleines Kruzifix; ein abgegriffenes Büchlein lag darunter, dicht davor stand ein schmuckes Spinnrad.

„Das ist Mutters Winkel“, erklärte Ännchen; „sie lehrt mich auch beten, lesen und spinnen.“

„Aber das?“ fragte Friedel, auf ein prächtiges Hirschgeweih zeigend, das über der Tür befestigt war.

Da legte Ännchen den Finger auf den Mund und warnte: „Frag’ nicht danach! Es gehört dem Vater. Was Vater hat und tut, davon spricht man nicht.“

„Ist der Riese dein Vater oder der Zwerg?“

„So heißt es nicht! Der große Mann ist mein Vater; der kleine ist Tobias, der Mühlknecht. Ich habe ihn sehr lieb.“

„Er sieht häßlich aus“, bemerkte Friedel.

„Das schadet nichts“, sagt Mutter, „denn sein Herz ist schön. — Wo mag nur Mutterle bleiben? Komm, laß uns ausschauen; sie ist oben in der Kammer.“

In einer Ecke der Stube führte ein schmales steiles

Treppchen empor ins winzige Dachkämmerlein. Leise stieg Ännchen hinauf; Friedel folgte und blickte über ihr blondes Köpfchen in den niederen Raum, gefüllt mit allerlei Werkzeug und Hausrat. Auf dem kalten Boden saß eine bleiche blonde, überaus liebliche Frau in dürftigem Zwillichgewand, umgeben von allen den Sachen, die der Großvater im schweren Bündel getragen. Die alte vielgebrauchte Bibel lag in ihrem Schoß, und sie war so vertieft ins Lesen, daß sie die Kinder erst gewahrte, als Ännchen die Arme um ihren Hals schlang. Da fuhr sie auf und sah auch den Knaben.

„Du bist wahrlich ein Engel von Gott gesandt", rief sie, ihn an sich ziehend, „daß du mir ins Haus gebracht hast, wonach mein Herz sich schon lange sehnte! Es ist ja das Buch, das uns den Weg zum Himmel zeigt aus diesem Elend! Als ich's aufschlug, fand ich gleich so trostreiche Worte, die der Heiland gesprochen. Oh, wieviel, wieviel werd' ich noch finden, wenn du bei uns bleibst!"

„Du darfst heute darin lesen, soviel du willst", sagte Friedel bedächtig, „aber morgen muß ich wandern, immer nach Mitternacht zu bis ins Preußenland, wo mein Pate Rudi und die andern Getreuen hingezogen sind. Alle diese Sachen will ich euch lassen; nur die Bibel steck' ich noch in mein kleines Bündel. Ich soll sie nicht hergeben, sagte Großvater."

„Du kannst unmöglich allein wandern, armes Kind!" erwiderte die Frau. „Du bist viel zu klein und schwach dazu."

„O nein! Alle nennen mich groß und stark", entgegnete der Junge, sich streckend.

Lächelnd strich ihm die Frau übers wirre Haar. „Kommt herab", sprach sie; „es ist hohe Zeit, den Männern das Essen zu kochen. Sie fällen Holz im Walde."

„Ich mag nicht essen, auch die Männer nicht sehen. Ich bleibe hier bei Großvaters Sachen."

Sie ließen ihn allein. Traurig ließ er alles durch die Hände gleiten, was ihm daheim so lieb gewesen. Das kleine Ledersäckchen mit Geld und einigen alten Silbermünzen mit seltsamem Gepräge, die ihm der Großvater manchmal gezeigt, suchte er vergebens. Hatten's wohl die Männer behalten oder dem Toten mit ins Grab gelegt? Nun, er brauchte es nicht; sein Essen würden ihm gute Leute schon umsonst geben! Ach, wenn er nur schon heute wandern könnte! Aber er war noch so müde, so sehr müde von allem, was er erlebt, legte den Kopf auf Großvaters Sonntagsrock und schlief wieder ein.

Gegen Abend weckte ihn Ännchen und führte ihn herunter in die Stube. Da saßen sie alle ganz zutraulich um den Herd, auf dem ein helles Feuer brannte. Die Frau spann, Tobi flickte seine Jacke, der Riese schnitzte irgendein Gerät aus Holz.

„Nun", sprach er, „hast du ausgetrauert und ausgeschlafen? Gönn' dem armen Alten die Ruhe! Die Welt ist bös! Du bleibst bei uns. Wo vier essen, ißt auch der fünfte."

„O nein! Ich kann nicht bleiben!" begann der Knabe.

„Du mußt!" rief der Mann, und warf ihm einen so wilden Blick zu, daß er erschrak und schwieg.

Aber das Wörtlein „muß" war dem Friedel verhaßt. Nur vom Großvater hatte er's geduldet. Er fühlte sich stark und gewandt und mochte keinen Zwang leiden. „So gut ich aus dem Kloster floh, entflieh' ich auch aus der Talmühle", dachte er, und setzte sich still neben Ännchen auf die Bank im Winkel. Leise plauderte sie ihm vor von verstecktem Spielzeug im Schrein, das die Mutter nur sonntags herausgebe, von Braten und Kuchen am Christfest, von Blumen und Beeren im Sommer und von einem zahmen Rehlein hinten im Stall. „Bleib' doch gern bei mir", bat sie, sich an ihn schmiegend; „dann sind wir Brüderchen und Schwesterchen, wie in den Märlein, die Tobi erzählt."

Als die Abendsuppe, die im Kessel brodelte, fertig war, setzten sich alle fünf um die große Schüssel und löffelten sie einträchtig aus, aber ganz stille, denn der finstere Blick des Talmüllers hielt sie alle im Bann. Nachher aber, als sie wieder am Feuer saßen, fing er plötzlich an, den Friedel auszufragen, wie es zugegangen bei der Vertreibung der Evangelischen. Zuerst antwortete der Knabe einsilbig und schüchtern, geriet jedoch bald in Erregung und beschrieb die Leiden der Gefangenen und Kranken gar beweglich.

Aber was ging das alles den Talmüller an, der doch gewiß nicht zu ihnen gehörte? Warum blitzten seine schwarzen Augen so zornig? Warum ballte er die nervigen Fäuste wie in ohnmächtiger Wut? Dem Knaben ward unheimlich dabei zumute.

Die Mutter bemerkte es wohl, legte sanft ihre Hand auf des Mannes Schulter und sprach: „Laß es gut sein, Christoph. Gott wird alles richten; wir aber sollen vergeben! Es ist spät; laß uns beten und zu Bett gehen."

Da standen sie alle auf, falteten die Hände und beteten laut und andächtig das Vaterunser. Was murmelte doch der Talmüller nach der fünften Bitte? Klang es nicht wie: „außer dem Firmian"?

Nun nahm Tobi den Gast an die Hand und führte ihn zur Hintertür hinaus über einen kleinen Hof in die Hütte, wo das Mahlwerk stand. Dort war ein Kämmerlein abgeteilt. Eine Truhe und ein Schemel stand darin, und ein hohes Heulager war aufgeschüttet mit dicker Wolldecke; Friedels Bündel lag daneben.

„Dies ist mein Revier", sagte der kleine Mann, „und du bist mein Schlafgenoß. Nun noch ein Wort zur Gutenacht. Bleib' in Frieden hier und folg' dem Talmüller!

's wird dein Schaden nicht sein. Goldtreu ist er als Freund, schrecklich als Feind!"

Der Knabe antwortete nicht, und beide streckten sich aufs Lager. Nach einer Weile fragte er leise:

„Wo habt ihr meinen Großvater begraben?"

„Morgen will ich dir's zeigen. Auf einer Waldlichtung links ab von der Mühle, nach Mitternacht zu. Gute Nacht." —

Beim allerersten Morgengrauen des andern Tages öffnete sich leise, ganz leise das Pförtchen des Mahlwerks, und Friedel, sein Bündel auf der Schulter, den Wanderstab in der Hand, schlüpfte heraus, lief über den offenen Grund und verschwand im Walde. Das Glück war ihm günstig; er fand bald die Waldlichtung und den frischaufgeworfenen Grabhügel, mit großen Steinen beschwert, um das Waldgetier am Aufwühlen zu hindern. Er kniete dabei nieder, küßte die kalte, feuchte Erde, bezwang aber tapfer den aufsteigenden Jammer. „Gute Nacht, Großvater", flüsterte er. „Ich gehe ins Preußenland zum Paten Rudi. Ich will fromm sein; im Himmel komm ich wieder zu dir!"

Unwillig die großen Tränen von den Wangen wischend, erhob er sich und wanderte rüstig weiter durch dichten Wald, immer in nördlicher Richtung. Nach und nach ward es hell, aber der Grund ward rauher. Felsstücke und Gestrüpp hemmten seinen Weg; nur langsam kam er vorwärts. Plötzlich hörte der Wald ganz auf. Er trat heraus, prallte aber gleich erschrocken zurück, denn vor ihm fiel eine steile graue Felswand ab, und tief unten schimmerte im milden Morgenglanz ein See. Zur Rechten stürzte der Mühlbach brausend hinab. Nirgends eine Spur von Weg und Steg; keine andere Möglichkeit als Umkehr! Dazu blies der Novemberwind so stark, daß der Knabe sich an einem Baumstamm halten mußte. Leider fing es an zu schneien. Ach, er fühlte plötzlich, daß er doch nur ein Kind war! Sollte er umkehren? Würden sie ihn nun nicht hart behandeln? Die Frau war engelsgut, das Ännchen hatte er schon lieb, aber vor dem Talmüller fürchtete er sich.

Da legte sich eine schwere Hand auf seine Schulter. Erschrocken fuhr er auf und sah ihn hinter sich stehen, in Jägerkleidung, die Flinte über der Schulter, einen geschossenen Rehbock auf dem Rücken.

„Törichtes Kind!“ sprach er. „Siehst du nun, daß aus meinem Zauberkreis kein Entrinnen ist? Hier der See, dort steile Felswände; nach Morgen zu die Schlucht, die Wolf, der Hund, streng bewacht. Warum vertraust du mir nicht, da ich doch dein Freund bin? Bleib' ruhig bei mir, bis du herangewachsen bist; dann magst du wandern, wohin du willst. Ich selbst zeige dir dann den Weg. Deine Freunde sind zwei Tagereisen voraus; du würdest sie nicht mehr erreichen, selbst wenn wir wüßten, welchen Weg sie eingeschlagen haben. Der Winter ist nahe; es gibt noch Wölfe und Bären in den Bergen. Möchtest du einem begegnen?“

Da wagte der Knabe dem seltsamen Manne ins Antlitz zu blicken. Er sah jetzt nicht furchtbar aus; sein Auge blickte freundlich. Er war doch ein schöner Mann, und das Jägerkleid stand ihm gut. Woher kam's wohl, daß er den Rehbock schießen durfte, was sonst streng verboten war? Aber Ännchens Warnung fiel ihm ein; er schwieg und ließ sich willig zur Mühle zurückführen.

Dort stand die Morgensuppe auf dem Tisch. Niemand erwähnte seine Flucht. Nach dem Essen sprach Tobias: „Ich will heut' noch das letzte Mehl zu Tal bringen; morgen möchte der Pfad verschneit sein. Es ist für den Franzl am Stein; das ist nicht weit. Vor Abend bin ich wieder hier. Ich bring' gleich alles mit, was der Franzl auf dem letzten Markt für uns besorgt hat zur Winternotdurft. Wer weiß, ob ich wieder hinabkann! Ich denke, es gibt bald Schnee."

Friedel sah aufmerksam zu, wie Tobi einen Esel mit Säcken belud, ihn vor sich her über den rohgezimmerten Steg trieb, der unterhalb der Mühle über den Bach führte und im Walde verschwand. Der Müller erriet seine Gedanken.

„Gib dich zufrieden; du kannst ihm nicht folgen. Sein Weg führt nicht nach Preußen zu", sprach er lächelnd.

„So will ich hier bleiben, bis ich groß bin", rief der Junge plötzlich entschlossen; „das dauert ja nicht mehr lang!"

Ännchen umhüpfte ihn fröhlich; die Mutter küßte ihn auf die Stirn. Der Mann war hinters Haus gegangen, sein Reh abzuziehen.

3. Wie die Kinder aufwuchsen

Wenn Friedel erwartet hatte, in der Talmühle seltsame, märchenhafte Dinge zu erleben, so hatte er sich sehr getäuscht. Wenigstens jetzt im Winter war der Tageslauf nicht viel anders, als er in des Großvaters Hütte gewesen. O der liebe, liebe Großvater! Wieviel dachte der Knabe an ihn! Wie oft suchte er einen stillen Winkel, um sich auszuweinen! Aber Kindertrauer währt nicht allzulang; das Leben ist noch so neu und frisch, daß es schnell wieder Reiz gewinnt. So fing auch Friedel bald an um sich zu schauen und teilzunehmen an allem, was in der neuen Heimat lebte und webte. Ganz früh stand er mit Tobi auf und half das Vieh versorgen, die schönen Tauben, die unterm Dach ihre Nester und Fluglöcher hatten, die zahlreiche Hühnerschar, die jetzt auf den engen Hof beschränkt war, die schneeweiße Kuh, die zwei munteren Ziegen im Stall und endlich das geduldige Eselein, Tobis Liebling.

Erst wenn diese alle eifrig fraßen, sammelte sich die Familie um den warmen Herd, und die gute Milchsuppe mit großen Brotbrocken schmeckte vortrefflich. Dann gingen die Männer, wenn's das Weter erlaubte, hinaus zum Holzfällen, oder sie hatten etwas am Mahlwerk, das jetzt ganz stillstand, zu bessern; auch sägten, hämmerten und hobelten sie in der Scheune, um allerlei nötiges Werkzeug herzustellen. Zuweilen durfte Friedel helfen, meist aber blieb er bei Mutter und Schwesterlein, wie er Frau Marie und Ännchen bald nannte. Die zarte, bleiche Frau ließ es gern geschehen, daß er das Herdfeuer unterhielt, Wasser aus dem Bach herbeischleppte, den Backofen heizte und ihr noch allerlei Dienste tat, an die ihn der Großvater gewöhnt. Sie war sehr still und ernst; wenn sie ihm aber einmal übers lockige Haar strich und ihn einen braven Buben nannte, war's reicher Lohn für alle

Mühe. Setzte sie sich dann ans Spinnrad, so holte auch Friedel seine Bücher herbei; denn er hatte dem Großvater, der vielleicht sein nahes Ende ahnte, heilig versprechen müssen, nichts zu vergessen, was er gelernt, und fleißig in der Bibel zu lesen. Dann legte auch Ännchen ihr steifes Holzpüppchen oder die kleinen Töpfe und Schüsselchen, mit denen sie gespielt, beiseite und buchstabierte mühsam mit Hilfe der Mutter in dem uralten, schmutzigen Gebetbüchlein, das auf dem Wandbrett lag. Es war so abgegriffen, daß man die Buchstaben kaum erkennen konnte, und Friedel behauptete keck, es sei ein schlechtes und dummes Buch, da gleich auf der ersten Seite das Ave-Maria stand, und man ja nur zu Gott und dem Heiland beten dürfe. Er meint, in seinem Katechismus und Gesangbuch stünden viel bessere Sachen, die wolle er das Ännchen genauso lehren, wie es ihn der Großvater gelehrt habe. Die Mutter ließ es gern geschehen, und alle die schönen Sprüche und Liederverse, die das kleine Mädchen mühsam buchstabierren und nach und nach auswendig lernen mußte, lernte sie mit und bewahrte sie in einem feinen und guten Herzen.

„Du bist ein glückseliger Bub“, sprach sie oft zum Friedel, „daß du alles so früh gelernt hast. Und wenn dir dein Großvater ein Königreich hinterlassen hätt’, wär’s nur Staub gegen diese Schätze.“

Mutter und Töchterlein lauschten gar andächtig, wenn der kleine Schulmeister aus der Bibel vorlas, in der er, dank des Großvaters Unterricht, schon recht gut Bescheid wußte. Ihm gefielen ja die Geschichten der Patriarchen und der streitbaren, herrlichen Könige des Alten Testaments am besten; Frau Maria aber wollte nur immer von Jesu, dem Sünderheiland, hören, und Friedel sah verwundert zu ihr auf, wenn ihr beim Zuhören die hellen Tränen übers Gesicht liefen.

Nun kam das Weihnachtsfest immer näher, das der Knabe sich gar nicht denken konnte ohne das liebliche Lied: „Vom Himmel hoch, da komm ich her.“ Wie hell hatte er's mit dem Großvater im lieben Hüttlein gesungen! Nun lehrte er das Ännchen ganz heimlich einige Verse, so oft sie einmal kurze Zeit allein waren; ja, sie schlüpften sogar in den Stall, um sich im Singen zu üben. Wie würden sich die Eltern und Tobi darüber freuen! Indes wurde es kälter; mit der Arbeit im Freien war's ganz vorbei, und oft war die ganze Familie von früh bis abends auf die Stube beschränkt. Das war eine schlimme Zeit für den Talmüller. In den langen Abenden und dunklen Nächten kam oft ein böser, finsterer Geist über ihn, so daß er stundenlang untätig am Herd sitzen konnte, den Kopf in die Hände gestützt, in trübe Gedanken versunken. Dann wagten die andern kaum ein Wort zu sprechen; man hörte nur das Schnurren der Spinnräder und das Klappern des kleinen Webstuhls, den Tobi in einem Winkel aufgeschlagen hatte. Wenn dann ein tiefer Seufzer nach dem andern sich der Brust des starken Mannes entrang, schlich wohl das Ännchen herbei, streichelte sein gebeugtes Haupt und sprach ihm leise zu. Manchmal half es; er zog es auf den Schoß, liebkoste es unter Tränen und war für den Rest des Abends freundlicher als je. Aber nicht selten blieb alles umsonst, und für den munteren Friedel war die trübe, ängstliche Stimmung schwer zu ertragen. Gern hätte er gewußt, was dem armen Mann fehlte; da aber Ännchen nur den Kopf schüttelte und den Finger auf den Mund legte, wenn er danach fragte, blieb's ihm ein Geheimnis.

Ganz im stillen traf die Frau ihre kleinen Vorbereitungen auf das Christfest. Die Kinder halfen ihr im ganzen Hause Ordnung und Sauberkeit herstellen, und begrüßten mit Jubel die drei großen, dicken Kuchen, die aus dem Backofen gezogen und im oberen Kämmerlein verwahrt wurden. Tobi holte ein schlankes Tannenbäumchen aus dem Walde und überraschte die Kinder durch etliche Sterne und Ringlein von Lebkuchenteig, die er schon im Herbst vom Franzl am Stein mitgebracht, dazu auch bunte Lichtchen.

Am Tage vor dem Christfest war's zwar kalt draußen, aber schön und klar. Desto trübere Wolken lagen auf der Stirn des Talmüllers. Als er ohne ein Wort zu sprechen die Morgensuppe gegessen hatte, nahm er die Flinte von der Wand und sprach:

„Ich geh' jetzt und hol' einen Festbraten."

„Laß es doch bleiben, Christoph", bat die Frau. „Ich schlacht' euch das fette gelbbraune Huhn; das gibt eine prächtige Suppe."

„Fort will ich!" rief der Mann heftig. „Weit fort muß ich! Ich muß fühlen, daß ich frei bin!" Damit war er schon zur Tür hinaus.

„Laßt ihn gewähren, Frau", bat Tobi; „er hat wohl wieder böse Träume gehabt. Vielleicht läuft er sich's aus."

Am frühen Nachmittag kam er wieder, ein Reh auf der Schulter, aber ach! noch mit demselben unsteten finsteren Blick. Sogleich sah er das Bäumchen, das die Kinder indessen geschmückt, in der Ecke stehen. „Schafft das Ding hinaus! Ich mag kein Licht sehen!" rief er, streckte sich vor dem Herd auf den Fußboden und schlief fest ein; leise schob ihm die Frau ein Kissen unter den Kopf. Es ward dunkel, und er schlief noch immer, dann und wann im Traum unverständliche Worte murmelnd. Still und traurig saßen die andern in der Ecke; es war ein trübseliger Christabend! Da das Feuer am Niedergehen war, schlich Friedel leise hin, um frisches Holz nachzulegen. Da schlug der Mann die Augen auf, noch ganz vom Traum befangen, und sein Blick fiel auf den Knaben.

„Arnold“, sagte er leise, „bist du es? Oh, bist du nicht tot, mein Herzblatt, mein Liebling? Wie schön und groß bist du geworden!“

„Ich bin ja der Friedel“, sprach der Knabe verwundert.

Da löste sich der Bann des Traumes; wild fuhr der Mann empor, stieß das Kind von sich und rief:

„Der Fremde wärmt sich an meinem Herd; der Eigene liegt fern im kalten Grund!“ Damit schlug er die Hände vors Gesicht und schluchzte zum Herzbrechen.

Totenstill war's in der Hütte; auch die Frau weinte. Tobi hatte Ännchen auf den Schoß genommen und flüsterte ihr leise Trost zu. Dem Friedel aber tat das Herz bitter weh. „Ach“, dachte er, „wenn mir der Mann so feind ist, daß er mir das Herdfeuer nicht gönnt, wär's wohl besser, ich feierte heut Christabend mit dem Großvater droben im Himmel!“

Aber der heiße Tränenstrom hatte des Talmüllers Herz erleichtert. Allmählich ward er ruhig, erhob sich vom Boden, setzte sich auf die Bank, und sein Blick fiel auf die traurige Gruppe im Winkel.

„Ihr armen Leut'“, sprach er mit heller Stimme, „wie hab' ich euch den Christabend verdorben! Ach, die Träume, die Träume! Komm her, Bub! Du bist brav; und ich bin dir gut! Setzt euch alle zu mir. Tobi soll ein Märlein erzählen, daß die trüben Gedanken weichen.“

Sonst war Tobi stets dazu bereit; heute aber schien er selbst weich und wehmütig gestimmt, und es wollte nichts Rechtes werden. Da sprach die Mutter, sanft über des Mannes Haupt streichelnd:

„Ich wüßt' was Besseres heut zum Christabend. In Friedels Buch ist so schön erzählt, wie das Jesuskindlein geboren ward. Soll er's nicht einmal vorlesen?“

„Ist mir auch recht“, erwiderte Christoph. „Ein gutes Buch mag's wohl sein, da's der Firmian verboten hat.

Vielleicht liest der Bub besser als die Pfaffen; bei ihrem Gemurmel bin ich allweil eingeschlafen."

Aber jetzt schlief er nicht! Gar laut und deutlich und recht aus Herzensgrund las der Knabe die liebliche Geschichte, die er ja fast auswendig wußte; und als er die Engelsbotschaft sprach, strahlte sein Antlitz, als sei er selbst ein Himmelsbote.

„Das war schön!" sprach der Talmüller, tief aufatmend. „Da wird's einem friedlich und hoffnungsvoll ums Herz. Nun holt nur euer Bäumchen und zündet's an! Es mag das Licht bedeuten, das die armen Hirten umleuchtete, als der Engel kam."

Freudig gehorchten die Kinder; und als die zwölf Lichtchen brannten, traten sie vor den Vater und begannen ihr Lied zu singen, erst zaghaft, bald lauter und mutiger. Sechs Verse wußte Ännchen; dann sang Friedel allein mit immer heller werdender Stimme, glühenden Wangen und strahlenden Augen. Mit andächtig gefalteten Händen horchten die drei. Als er geendet hatte, blieb alles still; der Talmüller aber zog den Knaben an sich und küßte ihn. Von diesem Abend an hielt er ihn wie einen Sohn.

Nun geschah es oft, daß Friedel am Abend sein Schnitzwerk oder andere Arbeit aus der Hand legen und vorlesen mußte. Der Talmüller hatte das Lesen, das er nie gelernt, bisher für eine unnütze Pfaffenkunst gehalten; jetzt bekam er Achtung davor und staunte den kleinen Jungen an, der so sicher fragte: „Was wollt ihr heute hören? Soll ich ein Wunder lesen, das der Heiland tat, ein Gleichnis, das er erzählte, oder eine Predigt, die er dem Volke hielt?" Und dann fand er's bald in dem großen, dicken Buch. Es war erstaunlich!

Allerlei Gespräch knüpfte sich nicht selten an das Lesen. Einmal sagte der Talmüller:

„Jetzt merk' ich, wie uns die Priester betrogen haben. In diesem Buch, das Gott selbst den Menschen gegeben, wie der Bub sagt, laufen alle kranken, betrübten, elenden Leut' stracks zum Herrn Jesu, bitten um Hilfe und werden allezeit freundlich erhört. Hat er sie wohl jemals erst zum Petrus oder zum Johannes geschickt, damit die Fürsprach' täten? Ich denk' nicht! So will ich mir ein Herz fassen und dreist zum Herrn Christus selber beten. Er kann kein schrecklicher Richter sein, wie uns gelehrt ward."

„Ich tu' es schon längst", sprach die Frau leise. „Als ich einstmals am Verzweifeln war, du weißt schon wann, Christoph, da riet mir's ein altes Weiblein, dem ich sonst wohl Almosen gegeben. Kein Heiliger hat dazumal mein zerbrochenes Herz geheilt, aber der Herr Jesus hat's getan."

Dennoch gefiel dem seltsamen Manne nicht alles, was der Knabe las; manches dünkte ihm zu hart und schwer. Bei den Worten des Herrn: „Liebet eure Feinde; segnet, die euch fluchen; tut wohl denen, die euch hassen; bittet für die, so euch beleidigen und verfolgen", fuhr er aufgeregt empor und rief: „Das kann kein Mensch; das ist zu schwer! Wer mir Böses tut und mir mein ganzes Glück zerstört, den darf ich hassen, ja, den hass' ich bis zum Tode." Wie er so dastand, die Augen blitzend, den Arm erhoben, die Faust geballt, sah er furchtbar aus.

Dennoch faßte sich Friedel ein Herz und sagte schüchtern: „Mein Großvater konnte es aber doch! Er hat all' Abend für den Firmian gebetet, und mich hat er's auch gelehrt."

Da sah ihn der Mann mit seltsam scheuem Blick an, hieß ihn das Buch zumachen, und alle saßen still und gedrückt bis zur Schlafenszeit. Beim Gebet aber sprach Christoph seine bösen Worte nach der fünften Bitte wieder einmal ganz laut und deutlich, so daß die Frau sich weinend abwandte.

Als der Winter sich zu Ende neigte, kamen sie zur Leidensgeschichte des Herrn Jesu. Da ruhten oft die fleißigen Hände der Zuhörer und falteten sich in ernster Andacht; Klein-Ännchen aber weinte bittere Mitleidstränen, daß man den guten Heiland so übel behandelt. Nun hing er am Kreuz, ward noch verhöhnt und gelästert in seinem bitteren Leiden. Horch, da spricht er noch einmal: „Vater, vergib ihnen; denn sie wissen nicht, was sie tun."

Da unterbrach der Talmüller den Knaben: „Lies heute nicht weiter; ich hab' genug zu denken!" Aber als sie bald darauf das Vaterunser beteten, hielt er inne und sprach feierlich: „Und auch dem Firmian; ja, lieber barmherziger Gott, auch dem Firmian!"

Als sie ausgebetet hatten, sah Friedel zum erstenmal, wie die Frau die Arme um des Mannes Hals schlang und ihn unter Freudentränen küßte. Von diesem Tage an blieben zwar die finsteren Stimmungen nicht ganz aus, kamen aber viel seltener und hielten nicht mehr so lange an.

So hatten alle in den dunklen Winterabenden viel gelernt, und der Talmüller wohl am meisten. Dennoch freute sich ein jeder, als der Schnee schmolz, der oft zugefrorene Bach wieder klare, schäumende Wellen schlug, der warme Sonnenschein bald Gras und Blümlein hervorlockte und im frisch grünenden Walde Vogelstimmen laut wurden. Nun gestaltete sich das Leben der Einsamen freier und fröhlicher. Tobi zog wieder aus, um das Korn abzuholen, das seine Kunden vom vorigen Jahre noch aufbewahrt hatten. Woher er's holte, blieb für Friedel ein Geheimnis, und er hatte längst das neugierige Fragen verlernt. Lustig klapperte die Mühle; Webstuhl und Spinnräder ruhten, und die Mutter schaffte emsig im

Krautgarten, der nicht weit vom Hause angelegt war. Die Kinder halfen nach Kräften und hatten ihre Lust an den jungen Hühnern und Tauben, an den Zicklein, die so munter umhersprangen, und den zwei schneeweißen Kaninchen, die Tobi von einem seiner Gänge mitbrachte. Ihre besten Tage waren, wenn die Mutter am Morgen sprach: „Heute könnt ihr das Vieh in den Wald treiben und hüten bis gegen Abend."

Da zogen sie singend aus, reichlich versorgt mit Brot und Käse und einem Becherlein, das sie so oft voll süße Milch melken durften, als sie nur wollten. Köstliche Stunden verlebten sie da im Grase liegend, zum blauen Himmel aufschauend, der so wunderbar durch die Baum kronen schimmerte, und dem Gesang der Vöglein lauschend, die hier ganz ungestört ihre Nester bauten. Gern suchten sie den Platz auf, wo der Großvater schlief. Es war eine liebliche Waldwiese, von dunklen Tannen und lichtgrünen Birken eingerahmt. Unzählige Blümlein sproßten weiß, rot, goldgelb und blau zwischen dem frischen Gras hervor, und am Rande unter den Bäumen reiften bald süße Erdbeeren in Fülle. Am Grabe des Großvaters saßen die Kinder, wanden Kränze, um es zu schmücken, und dachten nimmer an die Bitterkeit des Todes, sondern an den lichten Himmelssaal, wo der liebe Alte nun ausruhte von der Last des Lebens. Gar gern erzählte Friedel dem kleinen Mädchen von dem friedlichen Leben in der Heimat, aber auch von der Stadt, von der Kirche, vom Paten Rudi, seiner schönen Stube und dem wunderbaren Bilderbuch. Ännchen hörte mit großen Augen zu, denn alles war ihr neu und fremd. Sie war nun schon acht Jahre alt, kannte aber nichts von der Welt als die Talmühle. Ganz dunkel besann sie sich darauf, einmal auf der Wanderschaft gewesen zu sein mit Tobi und den Eltern. Aber es war schon lange her und die Erinnerung sehr unklar.

Manchmal zogen die kleinen Hirten auch weiter, sogar bis zur steilen Felswand am See; doch nur selten, denn dort mußten die Tiere angebunden werden, damit sie nicht etwa, nach einem Gräslein haschend, in die Tiefe stürzten. Friedel ging gern hin; es war der einzige Ort, wo er etwas von der Außenwelt sah, wenn's auch nicht viel war. Der See war nicht groß, und das andere Ufer viel niedriger, nicht bewaldet, sondern öde und steinig. Aber ganz in der Ferne sah man grüne Bäume, und zwischen ihnen erkannte Friedels scharfes Auge ein Häuschen, aus dessen Schornstein Rauch emporstieg. Wer mochte wohl dort so einsam wohnen? Da saß er und träumte von der Zeit, wo er hinausziehen würde in die Welt, herrliche Dinge schauen und endlich ins Preußenland kommen würde zu seinen Glaubensgenossen. Aber Ännchen durfte nichts davon merken, sonst fing es an zu weinen und sagte, er dürfe niemals fort; es habe ihn ja so lieb.

Doch hatten die Kinder nicht allzuviel Zeit zum Träumen; sie mußten immer etwas mit heimbringen, was der Wald bot: allerlei Beeren je nach der Jahreszeit, Pilze, würzige Arzneikräuter, die Tobi sie kennen lehrte, Haselnüsse und endlich ganze Säcke voll Tannenzapfen, die das Herdfeuer so lustig und helleuchtend machten. Reichbeladen kamen sie dann singend heimgezogen, denn Ännchen lernte erstaunlich schnell alle Lieder, die Friedel wußte. Seltsam war's, daß sie nie jemandem im Walde begegneten. Auf den Wald- und Bergfahrten, die der Knabe früher mit dem Großvater gemacht, war's ja auch sehr einsam gewesen, aber doch hatten sie zuweilen einen Holzfäller angetroffen, einen Jäger oder ein Weiblein, das Beeren suchte. Ja, es war etwas Märchenhaftes um die Talmühle; man spürte es im Sommer mehr als zur Winterszeit! Wenn die Kinder daheim blieben, um der Mutter im Garten zu helfen oder das Heu auf der Wiese zu wenden, kam es mehr als einmal vor, daß Wolf, der große Hund, der sich nie weit vom Hause entfernte, unruhig ward, die Ohren spitzte und endlich mit wütendem Gebell fortstürzte, meist nach der Schlucht zu, wo Friedel einst so angstvoll hergekommen war. Dann war der Talmüller im Nu bei der Hand, mochte er sein, wo er wollte, warf sich das Bärenfell oder ein weißes Laken um und folgte dem Hunde, seltsame, schauerliche Töne ausstoßend. War er aber auf die Jagd gegangen, was im Sommer nur selten geschah, so erschien Tobi mehlbestäubt und eilte in wunderlichen Sprüngen dem Hunde nach. Bald kamen sie ganz ruhig zurück, als sei nichts geschehen; das feine Ohr des Knaben hatte aber mehr als einmal einen Schreckensruf im dichten Gebüsch vernommen und das Knacken von Ästen und Zweigen, als ob jemand schnell und blindlings die Flucht ergriffe. Fragte er, was geschehen sei, bekam er von Tobi nur neckische Antworten. Der Talmüller aber machte ein finsteres Gesicht und hieß ihn schweigen.

*

Vier Winter und drei Sommer waren vergangen. Friedel war kräftig emporgewachsen und ein schöner, stattlicher Knabe geworden. Das Leben in der Talmühle war dasselbe geblieben; aber die Kinder hatten sich allmählich verändert. Noch hingen sie aneinander mit herzlicher Liebe; ja, Friedel hätte jederzeit sein Leben für das zarte, holdselig aufblühende Mädchen gewagt. Aber das stete Beisammensein wollte nicht mehr recht passen.

Ännchen hing mehr und mehr an der Mutter, lernte von ihr die einfache Mahlzeit kochen, einen immer feineren Faden spinnen und aus dem derben Wollzeug, das Tobi webte, ihr eigen Röcklein nähen. Lesen konnte sie nun ebensogut wie Friedel; sie wechselten miteinander ab beim Vorlesen am Abendfeuer. Im letzten Winter hatte der Knabe den Männern wacker geholfen beim Holzfällen und allerlei Arbeit in Stall und Scheune. Als aber der Frühling wieder ins Land zog, ward er still und matt, sah bleich aus und lag gern einsam unter einem Baum, zum Himmel aufschauend.

Einst hatte ihn der Talmüller schon zweimal gerufen, ohne daß er hörte; da trat er zu ihm und fand ihn bitterlich weinend.

„Was fehlt dir, Bub?“ fragte er erschrocken.

Erst wollte er lange nicht antworten, endlich aber brach er schluchzend in die Worte aus: „Hinaus muß ich; hinaus aus dem engen Tal! Unter Menschen, ins Leben will ich; ich muß sonst sterben!“

„Was ist denn so plötzlich über dich gekommen?“ fragte der Mann.

„Nicht plötzlich! In mancher Winternacht hab' ich geweint, wenn Tobi fest schlief. Ich hab' euch alle lieb, und solang ich ein Kind war, ging alles gut. Aber ich kann nicht mehr mit dem Ännchen hinausziehen, das wenige Vieh zu hüten! Ich muß was besseres zu tun haben, als Blumen und Beeren suchen! Ich möcht' ein Mann werden und was Rechtes taugen in der Welt!“

„Weißt du nicht, daß du noch immer zu jung bist, allein in die Welt zu ziehen?“

„Ich weiß es wohl; aber ich weiß auch, daß Tobi hinausgeht unter Menschen. O, laßt mich mit ihm! Mir wird so bang in dem engen Tal, als solle mein Herz zerspringen!“

Der Talmüller schwieg lange; dann begann er: „Es mußte so kommen; ein frischer Bub wie du sehnt sich hinaus. Später wirst du dich vielleicht oft zurücksehnen in diese tiefe Einsamkeit. Ganz fort darf ich dich noch nicht lassen; du weißt nicht, wie hart das Leben ist. Aber du sollst etwas lernen; ich will dich in die Mühle nehmen, daß du in etlichen Jahren als Mühlknappe ausziehen kannst. Auch Menschen sollst du sehen, aber nur, wenn du schweigen gelernt hast. Sag', willst du zu niemand sprechen von dem, was du hier erlebt? Willst du besonders den Pfad, der aus dieser Einsamkeit führt, keinem verraten?"

Nach kurzem Besinnen erwiderte Friedel: „Als ich noch ganz klein war und kaum übern Tisch gucken konnte, lehrte mich der Großvater schon viele Sprüchlein. Und eben diese vergaß ich nie! Eins davon heißt: ‚Ein Verleumder verrät, was er heimlich weiß; wer aber getreuen Herzens ist, verbirgt dasselbige.'"

„Ich vertraue dir!" sprach der Talmüller. „Wenn der Tobi wieder auszieht, ziehst du mit."

O wie klopfte Friedels Herz vor Freude, endlich einmal wieder hinauszukommen aus diesem stillen, märchenhaften Tale!

4. Wie's dem Talmüller ergangen war

Nicht lange nach diesem Gespräch führte Friedel eines Morgens das Eselein aus dem Stalle. Ganz sauber hatte er sein graues Fell gebürstet und das Zaumzeug schön geputzt. Es war noch viel zu zeitig zum Ausziehen. Frau Marie kochte eben erst die Morgensuppe, und der Talmüller schlief noch fest. Aber Ännchen stand schon bei dem Knaben und zupfte ihm den nagelneuen Kittel zurecht, den sie selbst hatte nähen helfen.

„Ich bring' dir auch was mit aus der Welt draußen", versprach Friedel. „O wie mein Herz klopft! Was werd' ich sehen? Wohin wird der Weg führen?"

Die Mutter rief zum Essen; doch nahm Friedel nur ein paar Löffel von der guten Suppe und steckte das Brot in die Tasche. Nun waren sie bereit; Tobi freute sich, den Knaben, den er sehr liebte, zum Gefährten zu haben, aber Christoph war nicht zu sehen. Als die beiden, den Esel vor sich hertreibend, über den Steg gingen und Ännchen ihnen noch ein Lebewohl nachrief, guckte der Mann verstohlen zur Dachlucke heraus.

„Da zieht er hin, der treue, liebe Junge, der mir Frieden und Hoffnung gebracht hat durch das herrliche, göttliche Buch!" sprach er zu sich selbst. „Und in wenigen Jahren muß ich ihn ganz fortlassen. O Gott, laß ihn dann nur nicht allzuviel Jammer erleben! Ja, auch mich zieht's manches Mal hinaus. Wohl möcht' ich wieder unter Menschen leben. War ich doch der frischeste, fröhlichste Bursch im ganzen Dorf! Aber nein, 's geht nimmer! Das Herz ist allzu tief verwundet; es kann nimmer, nimmer ganz genesen. Ich hab' mein Weib und mein Kind, das ist mir genug!"

Rüstig schritten die beiden Wanderer vorwärts. Der kaum sichtbare Pfad führte zuerst durch dichten Wald; oft mußten sie sich bücken unter den tief herabhängenden Ästen, oft dem Esel vorausgehen, damit er sich nicht im Gestrüpp verwirre. Eine Stunde waren sie so gewandert, da ward der Wald lichter; der Weg führte ziemlich steil bergauf, und plötzlich standen sie vor einer hohen zerklüfteten Felswand.

Fragend blickte Friedel seinen Begleiter an. „Meinst, die Welt sei hier alle?" lachte dieser. „Komm nur mit; wirst dein Wunder schauen!"

Dicht an dem Felsen gingen sie hin; an der andern Seite niedriges Nadelholz. Jetzt aber ergriff Tobi das Eselein am Zaum und führte es vorsichtig an der Felswand empor, die hier weniger steil war und einen tiefen Einschnitt hatte. Darüber aber wölbte sich das Gestein wie ein Dom. Gewand kletterte Friedel nach, erschrak aber nicht wenig, als sein Begleiter mit dem Tier plötzlich verschwunden war. Da hörte er ihn lachen, und siehe, er stand in einem breiten Spalt zwischen zwei Felsblökken, der in einen dunklen Gang führte. Bald aber fiel von oben ein wenig Licht hinein. Manchmal war eben nur Raum genug für die Wanderer, dann öffneten sich wieder weite Höhlen und Hallen, vom Felsen gebildet. Dem Knaben war's feierlich und ein wenig ängstlich zumute. Jetzt ward der Gang wieder sehr schmal. Tobi sagte, er sei eben noch breit genug, um den Esel, wenn er mit Säcken beladen sei, durchzulassen. Aber horch! Tönten da nicht Menschenstimmen? Bellte nicht ein Hund? O Wunder! Hörte man nicht deutlich das Jauchzen spielender Kinder? Jetzt bogen sie um eine scharfe Ecke; es ward heller und heller, und jetzt traten sie hinaus und erblickten ein Bild fröhlichen Lebens, wie es der Knabe seit Jahren nicht gesehen. Sie standen auf einem großen, weiten Bauernhof, der teils durch den Felsen, teils durch ein niedriges, aber sauberes Wohnhaus mit eingebauten Stallungen, teils durch eine hohe Steinmauer mit weitem Eingangstor begrenzt war. Lustig plätscherte der Brunnen in der Mitte. Der Hofhahn krähte auf dem hohen Düngerhaufen, Hühner und Gänse tummelten sich ringsumher, und eine Schar rotwangiger, blondhaariger Kinder tanzte singend im Kreise. Friedel jauchzte laut auf bei diesem Anblick. Endlich, endlich sah er wieder Menschen, über denen kein geheimnisvoller Schleier hing.

Jetzt gewahrten die Kinder die Wanderer am Felsentor. „Der Tobi ist da, der Tobi!" jubelten sie herbeieilend, wichen aber beim Anblick des fremden Knaben scheu zurück.

„Ruft den Großvater", gebot Tobi; und die ganze Herde stürmte ins Haus, aus dem gleich darauf ein stattlicher alter Mann mit großen, klaren Augen, langem, weißem Bart und ehrwürdigem Aussehen hervortrat.

So war der Erzvater Abraham in des Paten Bilderbuch abgemalt gewesen; es war der Franzl am Stein. Die Kinderchen hingen sich an seine Hände und an die Falten seines langen weißen Kittels. Freundlich begrüßte er Tobi, reichte auch Friedel die Hand und sprach:

„Du bist mir kein Fremder, mein Sohn; Tobi hat Gutes von dir erzählt, darum sei mir willkommen! Wilhelm, nimm den Gast unter deine Hut bis zur Mittagsmahlzeit!"

Der Älteste der Kinderschar, ein frischer, etwa zehnjähriger Junge, nahm Friedel in Beschlag, scheuchte die kleinere Gesellschaft fort und fragte: „Willst du meinen Fuchs sehen? Oder wollen wir schießen?"

Der Gast entschied sich für das letztere und ward zu einer hölzernen Scheibe geführt, die am Felsen befestigt war. Aber o, wie schämte sich Friedel, als der Kleine mit dem scharfen Bolzen seiner Armbrust fast immer ins Schwarze traf, während es ihm auch nicht ein einziges Mal gelang!

„Du gehst wohl nimmer auf die Jagd? Ich mein' auf das kleine Wild, das man schießen darf?" fragte Wilhelm.

Traurig schüttelte Friedel den Kopf.

„Dann will ich dir lieber was zeigen! Ich weiß, du wohnst tief im Wald. Möchtest du wohl einmal weit hinaus in die Welt blicken?"

„O ja, so gern!"

„So komm; aber hüte dich, daß du nicht fällst!"

In einer Ecke des Hofes waren in die steile Felswand rohe Stufen eingeschlagen, eben groß genug, den Fuß hineinzusetzen. Wie ein Kätzchen kletterte der Kleine voran; vorsichtiger folgte Friedel, und sie erreichten bald einen breiten Vorsprug, von dem sich dem Auge eine herrliche Aussicht bot. Ein weites, ungemein fruchtbares Tal breitete sich vor Friedels entzückten Blicken aus. Grünende Wiesen, blühende Obstbäume, sprossende Saatfelder wechselten lieblich miteinander ab; ein silberhelles Flüßchen schlug muntere Wellen, und eine große Anzahl niederer Hütten mit gelben Strohdächern belebte die Landschaft. Am Ausgang des Tales aber erhob sich auf luftiger Höhe ein Schlößlein mit zierlichen Türmen und vielen Nebengebäuden. Hier und da erkannte Friedel zu seiner großen Freude auch Menschen, nach denen er sich ja so sehr sehnte. Dort pflügte ein fleißiger Ackersmann; ein anderer streute Samen aus. An jener Anhöhe weidete ein alter Mann eine Schafherde, dort trieben zwei barfüßige Kinder junge Gänschen und Enten in den Fluß und wateten selbst hochgeschürzt in die klaren Wellen, einander neckend und bespritzend. Und da, weit hinten, ragte ja ein kleiner, altersgrauer Kirchturm zwischen hohen Bäumen hervor.

Ganz verwundert horchte der Kleine auf die freudigen Ausrufe seines Gastes, der sich, von der Wanderung ermüdet, auf der Felsplatte niedergesetzt hate. Ihm war ja dieser Anblick friedlichen Lebens etwas Alltägliches.

„Deines Großvaters Haus ist das größte und schönste im ganzen Tal“, sagte Friedel endlich.

„Gewiß!“ erwiderte Wilhelm. „Er ist eben der einzige freie Bauer; die andern sind nur Hüttenleute, die dem Edelmann Pachtgeld zahlen und viel Frondienste tun müssen. Haben oft kaum Zeit, ihr bißchen Feld zu bestellen.“

„Wohnt der Edelmann dort oben im Schlößli?“

„Nein; gottlob nicht! Er wohnt weit weg an eines Fürsten Hof. Auf dem Schlößli sitzt nur sein Haushalter, ein braver Mann, der die armen Hüttenleut’ nicht allzusehr schindet.“

„Mein Großvater war auch ein freier Bauer“, berichtete Friedel, „aber der Erzbischof hat ihm doch alles genommen.“

„Ja, die Pfaffen, die saugen die Welt aus", sprach Wilhelm altklug. „Der da hinten beim Kirchli sitzt, ist freilich nicht so schlimm. Er ißt und trinkt, und läßt die Leut' treiben, was sie wollen. So sagt Großvater", fügte er erklärend hinzu. „Aber horch, die Mittagsglocken! Komm hurtig; 's gibt ein paar fette Hühner und gewiß Eierkuchen hinterdrein, weil ihr Gäst' seid."

Es war eine stattliche Tischgesellschaft, die sich in dem zwar niedrigen, aber weiten Gemach um die blanke eichene Tafel sammelte. Obenan saß der Franzl, ihm zur Seite zwei Söhne, stattliche Männer, Tobi und Friedel bekamen ihren Platz neben ihnen. Dann folgten drei junge Burschen; um das untere Ende scharten sich Frauen und Kinder. Fremdes Gesinde sah man nicht; der Franzl wirtschaftete mit Kindern und Enkeln allein. Die Speisen, die in großen Schüsseln und mächtigen Pfannen aufgetragen wurden, waren besser als alles, was Friedel bisher gekostet. Und als zum Nachtisch ein großer irdener Krug roten Weines erschien, trank Franzl aus einem silbernen Becher; auch die Gäste mußten ihm in solchen Bescheid tun. Die Frauen und Mägdlein trugen silberne Ohrringe und Halsketten; alles zeugte von behaglichem Wohlstand. Als das Dankgebet gesprochen war, sagte Franzl:

„Die armen Hüttenleut' haben noch manchen Sack Korn liegen von der guten Ernte im letzen Jahr. Wenn du heute Zeit hättest, Tobi, könntest du dir's zusammentragen. Ich borg' dir noch einen Esel, den kann der Bub wohl führen."

„Hab's auch schon gedacht", erwiderte Tobi. „Dem Friedel gelüstet's, die Welt zu schauen; da sieht er heute doch ein Stücklein!"

„Freilich ein armseliges!" setzte Franzl hinzu.

Nach kurzer Mittagsrast zogen die beiden aus, zwei Esel vor sich hertreibend, die sie nach ein paar Stunden schwer beladen zurückbrachten, und taten noch einmal so, ehe der Abend hereinbrach.

Todmüde sank Friedel in das dicke, weiche Federbett, das er mit Wilhelm teilte; aber sein Herz war leicht und froh. Er war nicht gefangen in der engen Talmühle; es gab noch Leben, es gab noch eine Welt für ihn!

Am andern Morgen zogen sie noch einmal aus, um vom äußersten Ende des Tales eine Ladung Kornsäcke zu holen. Auf sanfter Anhöhe ruhten sie unter blühenden Bäumen ein wenig aus. Da begann Tobi:

„Da du nun doch weißt, daß über des Talmüllers Leben ein Geheimnis waltet, sollst du heute erfahren, wie es ihm ergangen ist. Daß du treu bist und schweigen kannst, hast du genug bewiesen."

„Ist dir erlaubt, mir's zu berichten?" fragte Friedel. „Nimmer begehr' ich zu hören, was geheim bleiben soll!"

„Das ist brav! Aber der Talmüller hat mir selbst aufgetragen, dir heute zu erzählen, wie's ihm ergangen ist.

Er heißt eigentlich Christoph Hügli. Weit unten im Salzburger Land, nahe der Tiroler Grenze, lag sein hübsches Bauerngütlein mit einer stattlichen Mühle. Freilich gehörte das Land dem Erzbischof, aber seit langen, langen Jahren hatten's Christophs Vorfahren zum Lehen gehabt. Obwohl der Christoph ein wilder Bursch war, hatten ihn alle gern, denn er war dabei treuherzig, ohne Falsch und allezeit mildtätig gegen die Armen. Seit er die Marie geheiratet hatte, ein verlassenes Waislein, aber fromm und schön, ward er auch gesetzter, und sie lebten in Liebe und Frieden wie die Engel im Himmel. Ein prächtiges Büblein hatte Gott ihnen geschenkt; sie nannten's Arnold, und es war des Vaters Augapfel. Nahebei auf einer Höhe hatte der Firmian ein Lustschlößlein, wo er zuweilen Hof hielt mit allerlei Gästen. Da trieben sie mancherlei Kurzweil und lagen auch fleißig der Jagd ob, denn in den schönen Waldungen gibt's edles Wild in Fülle. Des Talmüllers Felder lagen aber just am Waldesrand, und da konnt's nicht fehlen, daß oft die ganze glänzende Jagdgesellschaft mit Hallo und Hussa durch sein Korn und Weizen galoppierte, einem fliehenden Wild nach. Wenn er dann händeringend dabeistand, haben sie ihn noch verhöhnt. Auch kam das Wild nicht selten des Nachts aus dem Walde, um sich am Getreide sattzufressen und alles zu verwüsten. Wegschießen aber durfte man keins bei schwerer Strafe. Das war eine rechte Qual für Christophs heftiges Gemüt; besonders weil er gar zu gern selbst gejagt hätte und ein so guter Schütze war, daß er beim Scheibenschießen stets ins Schwarze traf und manch schönen Gewinn einsackte. Doch hat er sich lange tapfer bezwungen; auch sein Weib hat ihn immer zur Geduld ermahnt.

Einmal aber war Lust und Not zugleich ins Haus gekommen. Der herzige kleine Bub, nun schon vierjährig, lag schwer krank an den Pocken; Marie aber hatte am Abend ein Mägdlein geboren und war recht matt und schwach. Die untreue Magd war aus Angst vor der Krankheit davongelaufen, und der arme Mann wußte nicht, wem er zuerst helfen sollte, dem jammernden Büblein, der schwachen Frau oder dem schreienden Neugeborenen. Da stürzt beim Morgengrauen der Hütebub in die Kammer und schreit: ‚Meister, das Wild ist im Weizen! Ein ganzes Rudel!‘ Da übermannte ihn der Zorn. Ohne auf den Ruf der Frau zu achten, reißt er den Stutzen (kurze Flinte) von der Wand und ist im Nu draußen. Der Schuß kracht, und ein prachtvoller Edelhirsch stürzt, gerade zwischen die Augen getroffen, und verendet alsbald. Zu Tode erschrocken sieht's der Bub und der Knecht. „Fliehet, fliehet, Meister; 's gilt Euer Leben!‘ schreien sie. Aber der Christoph spricht: ‚Nimmer flieh' ich und laß mein Weib und Kind der Rache des Tyrannen.‘ Da machten sie in rasender Eile eine tiefe Grube, zerrten den Hirsch hinein, schlossen sie und häuften Steingeröll darauf. Aber o weh! Es mochte wohl irgendwo an einer Waldecke oder hinter einer Mauer ein Lauscher und Verräter gestanden haben, denn ein ehrlicher Mann ist selten ohne Feind in dieser bösen Zeit. Es hat nicht lang gedauert, da kamen des Erzbischofs Häscher und schleppten den wackeren Mann vor die Augen des harten Herrn. Er leugnet nichts, bittet und fleht um Gnade und verspricht, all sein beweglich Gut hinzugeben; man solle ihn nur bei Weib und Kind lassen. Da lacht der Stolze höhnisch und spricht: ‚Dein Hab und Gut, elender Knecht? Das ist ohnedies verwirkt! Morgen schon übernimmt ein anderer dein Lehen. Du aber sprich dein Gebet; in einer Stunde hängst du am Galgen.' Der Jammer und die stumme Verzweiflung auf des schönen, kräftigen Mannes Antlitz gingen aber einer vornehmen Dame in des Bischofs Gefolge zu Herzen. Er hatte ihr jüngst versprochen, daß er ihr nie eine Bitte abschlagen wolle. So bat sie jetzt um das Leben des Armen, und nach einigem Besinnen gewährte er's ihm. Dann aber redete er heimlich einige Worte zu einem Diener, der sich alsbald entfernte. Als nun Christoph sich kniend bedankt und dem tückischen Manne Gottes Lohn gewünscht hat, verläßt er das Gemach und will heimreisen. Siehe, da packen ihn draußen ein paar bewaffnete Knechte, schleppen ihn in den Hof, peitschen und martern ihn so grausam, daß er fast den Geist aufgibt, legen ihm schwere Fesseln an und werfen ihn, mit Wunden bedeckt, in einen feuchten, finsteren Kerker." —

Überwältigt von Mitleid schwieg Tobi eine Weile und barg das Gesicht in die Hände. Friedel aber ballte die Faust in ohnmächtigem Zorn und rief:

„O der böse, böse Mann! Und nur wegen eines Hirsches!"

Bald fuhr der Kleine fort: „Gott hatte ihm einen riesenstarken Leib gegeben, sonst wär' er gewiß bald gestorben, wohl weniger vor Frost und Hunger als vor bitterem, herznagendem Leid. So aber lag er vier lange Jahre in dem garstigen Loch gefangen; dann erschien er plötzlich, ganz abgezehrt, bleich und in Lumpen gehüllt, im Dorfe. Wer ihn sah, schrie auf vor Schrecken und meinte, es sei ein Gespenst. Aber er war es selbst; man hatte ihn frei gelassen. Der Kammerdiener des Bischofs erzählte, sein Herr habe wohl einen sehr bösen Traum gehabt. Er habe immer im Schlaf aufgeschrien: ‚Der Hirsch! Der Hirsch kommt aus der Grube! Er will mich zertreten, er will mich aufspießen!‘ Sein Gewissen mag ihn wohl gezwackt haben. Aber zugleich hieß es, niemand dürfe den Christoph beherbergen; er solle alsbald fortwandern aus dem Salzburger Land: ‚Fort, fort!‘ stöhnte der arme, elende Mann selber. ‚Nur fort von diesem Ort des Jammers!‘ Als er aber sein Weib, das barmherzige Leute ins Haus genommen hatten, wieder ans Herz drückte, und das Ännchen ihm die Wangen streichelte, weinte er helle Freudentränen. Aber ach, sein Büblein, den herzigen Arnold, suchte er vergebens! Als man damals das arme Weib mit den Kindern ohne alles Erbarmen von Haus und Hof trieb, trug der Hütejunge das Knäblein, das ja schwer krank war. Da hörte es, wie die Dorfleute, die in Angst und Schrecken zusammenstanden, einander erzählten, was man seinem lieben Vater getan. Da schrie es laut auf, fiel alsbald in Krämpfe, und ehe die Sonne sank, war das kleine, liebreiche Herz gebrochen.

Als man das dem Christoph erzählte, hob er die Hand gen Himmel und rief: ‚Alles, alles will ich dem Firmian vergeben aber meines Arnolds Tod vergeb’ ich ihm nie!‘ Und er sprach schreckliche Worte des Fluches über das Haupt des Unbarmherzigen.

Herbergen durfte ihn keiner; aber das konnte niemand wehren, daß man ihm ordentliche Kleider gab, allerlei Gewand und Decken für Weib und Kind, auch manch silbernen Zehrpfennig und gute Reisekost. Als er nun fürder ziehen wollte, kam der Hütebub gelaufen, in des Armen damals das Arnoldlein gestorben war. Es war kein schöner Bursch aus ihm geworden, klein, verwachsen und häßlich. Der sprach zu Christoph: ‚Meister, Ihr habt mich aufgenommen, als ich ein verlassen Bettelbüblein war. Bei Euch ist meine Heimat; ich ziehe mit Euch! Und hier ist ein Eselein, das schickt Euch der Müller vom Oberdorf, bei dem ich zuletzt gedient. Setzt Euch darauf; Ihr seid zu schwach zum Wandern.‘ “

„Und der brave Bursche hieß Tobi?“ fragte Friedel.

Das Männlein nickte und fuhr fort: „So zogen wir langsam durchs Land, und Gott gab milden Sonnenschein und schönes Wetter, so daß sich der Christoph schnell ein wenig erholte, und leise, leise wieder ein klein wenig Lebenslust in sein gemartertes Herz zog. Aber eine große Menschenscheu war ihm geblieben. Auch hatte er sich gelobt, nie wieder eine katholische Kirche zu betreten, was er doch nicht hätte vermeiden können, wenn er sich in einem bayrischen oder österreichischen Dorf niedergelassen hätte.

Dazu kam, daß sein Herz mit tausend Fäden am Heimatlande hing, wie's ja uns Bergbewohnern eigen ist. ‚Ach‘, sprach er oft, ‚wenn wir nur ein versteckt Winkelchen in unsern Bergen finden könnten und nicht außer Land müßten! Der Firmian kann ja auch sterben; dann darf ich mich wohl wieder unter die Leut wagen. Jetzt möcht' ich ganz einsam leben mit Weib und Kind.‘ Da kamen wir endlich zum Franzl am Stein. Der hat auch einen tiefen Groll auf den Firmian, der ihn einmal schwer geschädigt hat; ich weiß nicht, wodurch.

Als wir nun bei ihm rasteten und ihm alles erzählten, weil er gar so treuherzig aussah, sagte er, es stünde hier drüben am Gießbach eine verfallene Mühle, die wohl wieder herzurichten sei. Für die Hüttenleut' im ganzen Tal wäre es gut, wenn sie wieder in Gang käme, denn es sei so weit nach der nächsten großen Mühle; dazu sei der Müller nicht allzu brav und breche oft ab am Gewicht. Er verhehlte uns aber nicht, daß das Tal verrufen sei wegen einer Mordtat, die einst da geschehen. Es wage sich selten jemand hinein. Da sprach der Talmüller: ‚Das ist mir eben recht; üble Tat geschieht wohl überall! Liegt ein Fluch auf dem Ort, so soll mein frommes Weib beten, daß ein Segen draus wird. Vor Spuk fürchte ich mich nicht; hab' mein Tag solchen Aberglauben nicht leiden mögen.' So führte uns der Franzl durch die Felsspalte hierher und half uns treulich aus mit allem, was wir zum Anfang brauchten. Zuerst ging es uns hart; aber Gott segnete unsere Arbeit, so daß endlich die Mühle wieder in Gang kam und nach schweren, mühsamen Wochen auch das Häuschen wohnlich wurde.

Wenn nun auch der Talmüller selbst an keinen Spuk glaubte, so wußte er sich doch den Aberglauben der Leute zunutze zu machen. Alle Zugänge zum Tal wurden noch unwegsamer gemacht mit Gestrüpp, Steingeröll und großen Baumstämmen, die wir mühsam hinwälzten. Verirrte sich aber doch ein Jäger, Holzhacker oder Beerensucher in unser Gebiet, so scheuchten wir ihn weg in allerlei Verkappung, wie du ja selbst gesehen hast. Durch die Felsspalte ist wohl kaum je einer gekommen; sie war schon lang vorher Franzls Geheimnis. Dennoch glaub' ich, daß mehr als einer von den Hüttenleuten weiß, wo sein Mehl gemahlen wird. Sie nennen mich den Wandermüller. Viele, viele von ihnen sind dem Firmian auch feind, wie er's ja wohl verdient.

So gefiel's dem Christoph ganz wohl in der Einsamkeit; die Frau ist allezeit still und zufrieden, und das Kind ward ein rechtes Waldröslein. Aber vier lange Jahre im Kerker mit so starkem Sinn und heißem Herzen lassen doch Spuren zurück. So hat auch Christoph allerlei behalten, was schwer zu tragen ist, besonders für die Frau. Du kennst ja seine finsteren Tage; du weißt ja, was er immer nach der fünften Bitte vor sich hin murmelte, und seit wann er's nicht mehr tut. Aber eins will er nicht lassen, und es macht uns schwere Sorge. Er schießt nicht selten ein Stück Wild! Wenn er's nur im verborgenen Tal täte, wär's ja kein Unglück, aber er wagt sich von Jahr zu Jahr weiter hinaus. Viel Jagd ist ja nicht hier ringsum, aber es ist einmal verboten, und er sollte es nicht tun. Er sagt aber, da er um eines einzigen Hirsches willen sein ganzes Hab und Gut verloren hätte, könnt's keine Sünde sein, wenn er sich manchmal einen Braten holte auf seinen mageren Tisch."

„In die Kirch' seid ihr wohl allesamt nimmer gekommen?" fragte Friedel nach einer Weile.

„Nimmer!" erwiderte Tobi. „Zuerst lag's der Frau schwer auf dem Herzen, daß sie nicht einmal ihre Osterandacht halten konnte, wie's streng geboten ist in der Papstkirche. Aber nach und nach fand sie sich darein. Ihr Vertrauen zu den Priestern hatte einen starken Stoß bekommen durch des Bischofs Grausamkeit. ‚Gott ist ja überall' sprach sie. ‚Zu ihm kann ich unterm blauen Himmel beten und im engen Kämmerlein.' Es tat ihr nur oft leid, daß sie so wenig von Gott und dem Heiland wußte. Da kamst du und brachtest uns das herrliche, himmlische Buch. Nun haben wir tausendmal mehr, als in allen Kirchen des Bischofs zu finden ist.

So, nun weißt du alles. Laß uns weitergehen, und gib acht auf dein Grauchen; der Pfad wird hier schmal und unsicher."

5. Der Tod kehrt ein

Nun begann für Friedel ein neues Leben, anstrengender, härter, aber auch männlicher als bisher. In der Mühle arbeitete er unter Anleitung des Talmüllers, der nicht immer ein bequemer Geselle war. Selbst von gewaltiger Kraft und zäher Ausdauer, verlangte er oft zuviel von dem schnell wachsenden Knaben, ward leicht ungeduldig und konnte sogar, wenn ihn der finstere Geist überfiel, recht hart sein. Aber Friedel gedachte des Furchtbaren, das der Mann erduldet, darum hielt er ihm alles zugut und hütete sich, ihn zu reizen. Desto wohler tat's ihm, daß der Müller ihm völlig vertraute, ihn sogar nicht selten allein zum Franzl am Stein schickte und ihn tagelang dort verweilen ließ. Wenn der Bub in die Welt ziehen will, muß er mit Menschen umgehen lernen“, sprach er; „sonst möcht's ihm übel ergehen.“

Allzuviel von der Welt erfuhr der Knabe freilich nicht im Haus des freien Bauern, denn weder dieser noch seine Söhne waren jemals weiter gekommen als zum Markt der nächsten Stadt, die etwa fünf Stunden weit entfernt lag. In den Hütten der armen Talbewohner aber, denen er ihre Mehlsäcklein brachte, sah die Welt gar nicht herrlich, sondern recht kümmerlich aus. O wie mußten sie sich plagen mit hartem Frondienst auf des Edelmannes Land, eh sie nur ihr eigenes Äckerlein bebauen durften! Wie schnell zog bittere Armut in die Hütte, wenn etwa der Mann krank daniederlag! Und ach, wie groß war die Unwissenheit der armen Leute! Eine Schule gab's nicht im Tale; der Priester aber, der wohl Zeit gehabt hätte, die Kinder ein wenig zu lehren, schlief lieber im Lehnstuhl oder zechte mit des Edelmannes Beamten.

Ganz anders stand es in Franzls freiem Hof. Nicht nur Genüge, sondern Überfluß herrschte darin, dazu gute, etwas strenge Zucht. Die Buben und Mägdlein lernten alle zu rechter Zeit lesen und beten beim Großvater, der freilich die Haselrute stets dabei hatte und wohl zu gebrauchen wußte. Am meisten Gefallen fand Friedel an Franzls jüngstem Sohn Joseph, etwa zwei Jahre älter als er, aber nicht etwa viel größer und stärker; o bewahre! Dieses munteren Burschen Sinn stand auch hinaus ins Weite. Und da schon zwei verheiratete und zwei ledige Söhne auf dem Hof wirtschafteten, hatte niemand etwas dawider, daß er nächstes Frühjahr zu einem Verwandten nach Bayern ziehen wollte, um dessen Handwerk zu lernen. Er war Silberschmied. So sollten die beiden Freunde miteinander wandern, nur daß Friedels Weg noch ein wenig weiter führte, bis nach Preußen. Von den großen Landstrecken, die dazwischen lagen, von den Beschwerden, Gefahren und Versuchungen, die ihnen drohten, hatten die guten Jungen keine Ahnung, und die Alten auch nicht viel mehr. Sie meinten, viel anders könne es ja in der Welt auch nicht aussehen als hier im Salzburger Ländchen.

Was war das für ein Festtag, als Christoph dem Friedel seinen alten Stutzen schenkte und ihm erlaubte, auf das kleine Wild um die Mühle her Jagd zu machen! Ännchen beklagte es freilich, daß die Häschen, Eichkätzchen und wilden Kaninchen nun so geängstet und verscheucht wurden; doch hatte sie nichts dagegen, daß Friedel den bösen Mardern und Wieseln, die ihren Hühnern so gefährlich waren, eifrig nachstellte. Bald verfehlte er nur selten sein Ziel; und als er einen Geier, der über der Mühle kreiste, herabschoß, erschien er dem Mägdlein als ein rechter Held.

Zwei Jahre größerer Freiheit und strammer Arbeit hatten dem Buben gutgetan; er blickte frisch und mutig ins Leben und wuchs schön und kräftig heran.

„Nur noch ein Jahr“, sagte er oft zu Ännchen, „dann bin ich siebzehn; dann geht's fort in die weite Welt! So wein' doch nicht; ich komme ja wieder! Draußen werd' ich schnell ein Mann, verdiene viel Geld, kauf' mir eine Mühle und hol' euch alle zu mir."

Zu solchen Luftschlössern lächelte Ännchen wehmütig. Sie konnte sich gar nicht dazu aufschwingen, denn eine schwere Sorge lastete auf ihrem Herzen, die Sorge um die liebe Mutter.

Frau Marie war bis zu jenem entsetzlichen Unglückstag immer frisch und blühend gewesen. Aber der furchtbare Schrecken so kurz nach der Geburt des Kindes, der Tod des lieblichen Knaben und der jahrelange Kummer um den gefangenen Mann hatten ihre Gesundheit untergraben. Matt und elend war sie seitdem gewesen, hatte aber in selbstloser Sorge für die andern nur wenig darauf geachtet. Der böse Husten, der sie im kalten Winter oft quälte, ward immer wieder gelindert durch einen Tee aus heilsamen Waldkräutern, und im Sonnenschein meinte sie stets, sie sei nun wieder ganz gesund. In diesem Jahre aber ward es anders. Schon im Winter hatte sie wochenlang das Bett nicht verlassen können; jetzt ging sie zwar umher und griff die Arbeit an, mußte sie aber oft wieder liegen lassen, von unbesiegbarer Schwäche übermannt.

Ännchen rührte ja emsig die kleinen Hände; auch Tobi, der alles verstand, kochte wunderbare Gerichte und stand mit hochgestreiften Ärmeln am Waschfaß. Dennoch konnten beide die Mutter nicht ersetzen. Bald legte sich die Sorge um sie schwer auf aller Herzen; Christophs Stimmung aber ward durch diese Sorge wieder finsterer und trüber als je. Es war nicht seine Art, die warme, ja heiße und leidenschaftliche Liebe, die er im Herzen trug, zu zeigen. So wußte auch Frau Marie nicht, wie oft er sie beobachtete, wie weh es ihm tat, sie so matt und bleich und dabei doch geschäftig und treusorgend zu sehen.

Dreizehn Jahre waren vergangen seit jenem Schrekkenstag; neun Jahre lebten sie nun schon vor aller Welt verborgen. War es nicht Zeit, sich wieder hinaus zu wagen unter freundliche, mitfühlende Menschen? Die Frau müßte es besser und bequemer haben! Ein Arzt könnte ihr vielleicht helfen! Und das Kind? Ach, es würde bald kein Kind mehr sein! War wohl dies einsame Tal der rechte Ort für ein heranblühendes Mägdlein? Selbst wenn es immer noch gefährlich wäre, sich im Salzburger Land offen sehen zu lassen, so war doch die Grenze nahe und leicht zu erreichen. Ein starker Mann wie er fand wohl überall Arbeit und Brot für sich und die Seinen.

Tag und Nacht bewegte er solche Gedanken in seinem Herzen, und war oft nahe daran, zu sagen: „Kommt, laßt uns in Gottes Namen aufbrechen in dieser schönen, warmen Sommerszeit und wieder unter Menschen gehen." Aber plötzlich überfiel ihn die finstere Scheu, die in den vier langen Kerkerjahren in seine Seele gezogen, und er konnte das Wort nicht aussprechen. Ach, er meinte, draußen müsse ihm jeder ansehen, wie man ihn damals niedergeworfen, wie einen Hund gepeitscht und grausam gemartert hatte!

Der Sommer verging, und das entscheidende Wort war nicht ausgesprochen worden. Es fing zeitig an, rauh und kalt zu werden; der Sturmwind schüttelte das Laub von den Bäumen und jagte düstere Wolken über den Himmel. Bleich und fröstelnd saß Marie eines Abends in der Hütte, mit schwacher Hand den feinen Faden spinnend. Ännchen bereitete am Herd die Abendkost, obgleich es noch nicht die gewohnte Zeit war. Ach, Christoph war ja seit dem frühen Morgen fort; wie hungrig würde er heimkehren! Beim Dunkelwerden hatten Tobi und Friedel die Mühle geschlossen; sie wuschen sich den Mehlstaub von Gesicht und Händen und wechselten die Mahlkittel mit den warmen wollenen Jacken.

Da fuhren sie beide erschreckt zusammen; sie hatten ganz nahe im Walde einen Schuß gehört. Der Schall kam von der Schlucht her, in der der Mühlbach strömte. Friedel faßte sich schnell. „Er ist's wohl selber", sagte er. „Hat vielleicht dem Iltis aufgelauert, der neulich zwei Hühner totgebissen." Als sie aus ihrem Kämmerlein traten, kam ihnen die Frau mit dem Kinde schon entgegen, und nun fing auch der Hund an zu knurren und zu bellen, und rannte endlich in großen Sprüngen die Schlucht hinauf. Unschlüssig standen sie. Sollten sie ihm folgen? Der Talmüller konnte es gar nicht vertragen, wenn man ihn im Jagdvergnügen störte. Aber jetzt kam der Hund wieder, sprang winselnd an Friedel in die Höhe und zerrte Tobi an der Jacke.

„Er will uns holen; es ist ein Unheil geschehen", flüsterte der kleine Mann dem Knaben zu.

„Geh' hinein, Mutter", bat Friedel; „der scharfe Wind tut deiner Brust weh. Gleich bringen wir dir Kunde!"

Eilig folgten sie dem aufgeregten Tier. Ach, sie hatten nicht weit zu gehen, da stand der Hund und stieß ein jämmerliches Geheul aus! Beim Mondlicht, das eben durch die Wolken brach, sahen sie den Talmüller im hohen, halbverwelkten Waldgras liegen. Er regte sich nicht. Friedel war ganz starr vor Schreck; Tobi aber kniete bei seinem geliebten Herrn nieder und fühlte an sein Herz und seine Hände. „Es ist noch Leben in ihm", flüsterte er. „Schöpf' Wasser in die hohle Hand und netz' ihm die Stirn!"

Wieder und wieder sprang der Knabe zum nahen Bach. Sie netzten ihm auch die dürren, brennenden Lippen; aber ach, als sie versuchten, ihn empor zu richten, merkten sie, daß das Blut aus der rechten Seite rieselte. „Faß an, Bub!" gebot Tobi. „Wir müssen ihn heimtragen. Es m u ß gehen!" Und es ging mit Aufbietung aller Kräfte.

Halbwegs kamen ihnen schon die Frau und das Mägdlein entgegen; sie hatten's drinnen nimmer ausgehalten. Laut jammerte Ännchen; die Frau aber sprach nur leise:

„Es mußte so kommen! O mein Christoph, Gott gebe dir ein seliges Ende!“

Schon auf dem kurzen Weg hatte er mehrmals schmerzlich gestöhnt; als sie ihn aufs Bett legten, schlug er die Augen auf, sah wirr um sich, hielt aber die Hand der Frau fest in der seinen.

„Es war kein Hirsch“, sprach er ganz leise und mühsam, „nur ein kleines Reh. — Es sollte das letzte Mal sein. — Du hast mich so oft gebeten, es zu lassen. — O, sag’, hat der Heiland auch diese Sünde getragen?“

„Alle, alle Sünden hat er getragen! Oh, glaub’ es nur fest! Oh, halt’ dich nur ganz allein an ihn! Aus Gnaden nimmt er deine müde Seele in den Himmel!“

Er lächelte, und ein Freudenschein flog über das totenbleiche Antlitz; dann sank er wieder in Betäubung. Gern hätten sie ihn ausgezogen und die Wunde verbunden, doch machte ihm jede Bewegung solche Schmerzen, daß sie davon abstehen mußten. Das Blut hatte aufgehört zu fließen, aber den erstarrenden Gesichtszügen sah man an, daß das Ende ganz nahe war. Er hörte nichts mehr, hatte aber die Hände gefaltet und sprach ganz leise noch einmal den Namen „Jesus“. Dann folgte ein schwerer Kampf der starken Natur, und endlich ward es ganz stille. Betend knieten sie um das Lager her, während sich die oft so schwer gequälte Seele zu Gott emporschwang.

Nun war es vorüber! — Tobi und die Kinder weinten bitterlich; Marie aber küßte die erkaltete Stirn und sprach: „So ruhe, mein Christoph, nach deinem schweren Leben! Ich folge dir bald ins Himmelreich; denn für dich habe ich gelebt, mit dir habe ich gelitten, mit dir möchte ich auch sterben!“

Da fiel ihr das Ännchen jammernd um den Hals und bat sie gar beweglich, noch bei ihr zu bleiben. Sie liebkoste es zärtlich, erwiderte aber nichts auf die kindliche Bitte. Dann zog sie Friedel an sich und sprach: „Du bist Gottes

Werkzeug gewesen, daß diese Seele zum Frieden eingehen konnte. Du brachtest uns das göttliche Buch ins Haus. Gott segne dich dafür!“

Am andern Morgen trug der Knabe die Trauerkunde zum Franzl am Stein. Der kam selbst, um den Einsamen mit Rat und Tat beizustehen. Auf der Waldwiese neben Friedels Großvater begruben sie den armen Christoph. Dann saßen sie traurig beisammen in der Hütte.

Wer mochte wohl die tödliche Kugel abgeschossen haben? War's ein Jäger des Edelmannes gewesen oder ein Späher des Erzbischofs? Es war nutzlos, darüber zu grübeln; wer einen Wilddieb niederschoß, dem konnte man nichts anhaben.

„Mit der Talmühle ist's nun vorbei“, sagte der Franzl. „Ihr kommt alle auf meinen Hof; ihr braucht euch ja nicht zu verstecken. Der Tobi ist nun ein freier Mann und kann hinziehen, wo er will; einen guten Zehrpfennig geb' ich ihm gern.“

„Daraus wird nichts, Bauer!“ sprach der treue Knecht fest. „Wenn in Euerm Haus kein Raum für mich ist, leg' ich mich zum Vieh in den Stall. Bin ja in einem Stall geboren, just wie das Christkindlein. Meine Mutter war ein elend Bettelweib! Aber wo die Frau bleibt und das Kind, da bleib' auch ich!“

„Und sollst's gut haben, du treuer Mensch!“ sprach Franzl gerührt. „Euch aber, Talmüllerin, sollen meine Töchter wohl pflegen, daß Ihr wieder gesund werdet und neuen Mut fasset.“

Dankbar reichte ihm die Witwe die Hand, sah ihn aber mit einem Blick an, den er nicht mehr vergaß und der ihm einen schmerzlichen Seufzer auspreßte.

Bald begann der Auszug, der nicht so schnell vonstatten ging. Mutter und Töchterlein nahm Franzl gleich mit, daß sie von ihrem Jammer ausruhen möchten. Tobi und Friedel aber machten den Weg durch den verborgenen

Felsengang noch gar oft, ehe alles Vieh, und was sonst des Fortbringens wert war, auf den Steinhof geschafft war. Etliches wertlose Hausgerät ließen sie zurück; denn Tobi sagte, es könne ihn wohl einmal die Lust anwandeln, eine Weile hier zu hausen, um der alten Zeit zu gedenken.

Auch die Mühle klapperte noch fleißig, bis alles Korn gemahlen war, das die Hüttenleute liegen hatten. Sie sollten erst im nächsten Jahr erfahren, daß der Wandermüller nichts mehr holte. Als der letzte Sack mit weißem Mehl gefüllt war, nahm Tobi eine Axt und schlug das Gangwerk entzwei. Dann sprach er zu Friedel: „Komm, ich will dir was zeigen. Heute geht's noch; morgen gibt's vielleicht schon viel Schnee."

Er führte ihn durch den Wald zum steilen Seeufer und zeigte ihm eine Stelle, wo ein gewandter Kletterer wohl hinabsteigen konnte. „Sieh'", sagte er, „wer hier heruntersteigt und auf dem schmalen Streif Ufersand hingeht, kann dort drüben am niederen Ufer leicht emporklimmen und zu dem Häuslein gelangen, das du so oft gesehen hast. Es ist das letzte Haus eines großen Dorfes. Oben herum führt kein Weg ans andere Seeufer; die Felsen sind so tief zerklüftet, daß kein Mensch darüber kommt. Oft ist auch der See so hoch, daß er bis an die Felsen spült; da darfst du's nicht versuchen. Wer weiß, wozu du's noch brauchen kannst! Ich hätt' dir's längst gezeigt, aber der Christoph hat's nicht gewollt, damit dich die Wanderlust nicht einmal übermanne. Das Dorf heißt Windeck, weil's dem Sturm arg ausgesetzt ist."

Nun gingen sie zurück, beteten noch einmal an den Gräbern, packten ihren letzten Kram zusammen und sagten, nicht ohne Abschiedsschmerz, dem einsamen Tal Lebewohl. Zur rechten Zeit war alles vollendet worden, denn der Winter brach nun mit Ernst herein und brachte ungewöhnlich viel Schnee.

Die Familie auf dem Steinhof hatte zur Winterszeit sehr wenig, ja fast gar keinen Verkehr mit den übrigen Talbewohnern, so daß niemand von den Gästen wußte, die dort eingekehrt waren.

Tobi und Friedel fanden sich schnell in der neuen Heimat zurecht. Tobi war, wie immer, jedermanns Knecht, tat alles, was sonst niemand gern mochte, und ward bald der Liebling der Kinder, denen er Märchen erzählte und allerlei Spielzeug schnitzte. Dagegen blieben Frau Marie und ihr Töchterlein recht still und scheu. Ihre tiefe Trauer paßte nicht in das lebhafte Getriebe des großen Haushaltes; Einsamkeit war ihnen ja zur Gewohnheit geworden.

Dazu kam, daß Maries Krankheit zunahm, als strenge Kälte eintrat und wilde Stürme das Haus umtobten. Da räumte man ihr das sogenannte Auszüglerstübel ein, das, entfernt von den großen, belebten Räumen, in einem Winkel des Hauses lag. Es war ein freundlicher, heizbarer Raum, in dessen Fenster die milden Strahlen der Wintersonne fielen. Man stellte ihr den alten Hausrat hinein, den man von der Talmühle herübergeschafft, damit sie sich recht heimisch fühle; bereitete ihr aber ein so gutes Bett, wie sie ihr Lebtag nicht gehabt.

Dort saß sie emsig spinnend oder mit den schwachen Händen die Kleider der Hausgenossen flickend. Ännchen wäre am liebsten gar nicht von ihrer Seite gewichen, wenn sie es nicht selbst zuweilen fortgeschickt hätte, um in der Küche zu helfen, ein Spiel mit den Kindern zu machen oder ein wenig frische Luft zu schöpfen. Friedel war ein häufiger Gast im Auszüglerstübel. Dann saßen die drei zusammen wie ehemals in der Talmühle, lasen Gottes Wort, sangen die lieblichen Lieder, und redeten von vergangenen Tagen oder von frohen Zukunftsplänen.

Zu den letzteren hatte Marie nur ein stilles Lächeln, denn sie fühlte wohl, daß ihre Zukunft nicht auf Erden lag. Die Kinder aber meinten, die kräftigen Suppen, die gute Milch und der stärkende Wein, den man ihr täglich brachte, würde sie gewiß wieder gesund machen.

Bald aber kam die Zeit, da die fleißigen Hände der Talmüllerin ruhen mußten und sie nur noch selten ihr Lager verlassen konnte. Woche auf Woche verging; der Winter neigte sich zu Ende, und mit ihm schienen auch ihre Kräfte zu schwinden. Franzls erfahrener Blick sah wohl, daß hier kein Arzt helfen könnte; sonst hätte er die Kosten nicht gescheut, einen aus der Stadt holen zu lassen, sobald die Wege wieder gangbar wurden.

Eines Tages trat er ans Bett der Kranken, als sie allein war, und sprach:

„Gute Frau, der hohe Schnee, der das Tal versperrte, ist stark zusammengeschmolzen, aber noch einmal hart gefroren, so daß man wohl bis zum Kirchlein gelangen kann. Wollt Ihr, daß Euch der Priester besuche und das Sakrament reiche? Er mag denken, Ihr seid ein Gast aus dem Niederland, wo ich viel Freundschaft habe."

„Habt Dank für Eure Sorge", erwiderte die Frau, „aber ich wünsche es nicht. Er würde es mir doch nicht so reichen, wie es der Heiland befohlen hat."

„Was sprecht Ihr da? Seid Ihr denn eine Ketzerin?"

„Gewiß nicht; ich bin nur eine Christin. Ich halte mich fest an das, was in diesem Buch geschrieben steht!" Damit zog sie die Bibel, die, mit einem Tuch bedeckt, auf dem Tisch neben dem Bette lag, hervor und reichte sie ihm hin.

Franzl hatte keine Ehrfurcht vor seinem Priester, dessen müßiges, oft anstößiges Leben ihm ärgerlich war. Nur selten besuchte er mit den Seinen die Kirche. Es hatte ihn tief empört, als der Erzbischof eine so große Schar ehrbarer, fleißiger Leute aus dem Lande trieb um ihres Glaubens willen. Er meinte, was einer glaube, sei im Grunde einerlei; wenn er nur brav und ordentlich lebte. Darum war er auch gegen den Talmüller und gegen Friedel freundlich gewesen, obgleich sie den Pfaffen bitter feind waren. Dennoch erschrak er nicht wenig, als man ihm im eigenen Hause das Buch zeigte, das so arg verpönt und streng verboten war in der Kirche, zu der er doch noch gehörte.

„Wißt Ihr, was ich damit tun sollte?" fragte er die bleiche Frau. „Ins Feuer sollt' ich's werfen; denn es stehen gefährliche Dinge darin, die zu lesen bei strenger Buße verboten ist."

„Ihr werdet es nicht tun!" erwiderte die Kranke ruhig. „Denn es ist Friedels Eigentum, dessen Kirche ihm sogar gebietet, es mit höchstem Fleiß zu lesen. Und wenn Ihr's tätet, könntet Ihr mir die köstlichen Sprüche, die ich daraus gelernt, und die mir wie Leitsternlein auf meinem Todesgang leuchten, nicht aus dem Herzen reißen. Auch könntet Ihr's nicht ändern, daß mein Christoph dadurch den Himmel fand, daß schon die beiden jungen Kinder ihren Heiland daraus kennen lernten!"

Wie fest und sicher sprach die sonst so demütige Frau! Nun hätte Franzl, der einen wißbegierigen Sinn hatte, schon längst gerne gewußt, was wohl so Gefährliches in diesem Buche stehen mochte. Und jetzt hielt er's in der Hand!

Vielgebraucht, abgegriffen, mit allerlei wollenen Faden und kleinen Läppchen als Merkzeichen versehen, war es der größte Schatz einer Sterbenden, die in ihrem leidvollen Leben nichts als Liebe, Treue und stille Geduld bewiesen hatte!

„Nun, ich mag nicht darüber urteilen, ehe ich es kenne", erwiderte der Alte. „Wollt Ihr mir's manchmal ein wenig leihen? Die Zeit wird mir lang in den Wintermonaten."

„Holt es Euch, so oft Ihr wollt; möge Gott Euer Herz öffnen! Aber am Morgen muß ich es haben; da kommt Friedel zu mir und liest mir so herrlich vor. Zum Selbstlesen fehlt mir oft die Kraft."

Der Franzl am Stein war ein sehr braver Mann, und hatte von Jugend auf ein ehrbares, ja ein tadelloses Leben geführt. Und doch wandte sich sein Herz lange nicht so schnell dem süßen Gotteswort zu, als das von Leidenschaft durchtobte Herz des armen Talmüllers.

Zur Verwunderung der Hausgenossen saß er jetzt oft in dem warmen Winkel hinterm Kachelofen, ins Lesen eines alten Buches vertieft, das noch keiner bei ihm gesehen. Vor neugierigen Fragen war er sicher; sie hätten dem Frager nichts Gutes eingebracht bei der strengen Zucht jener Zeit und dem hohen Ansehen, in dem der Hausherr stand. Das Buch fesselte ihn unendlich, obgleich ihm keineswegs alles darin gefiel. Er war auf die Geschichten Abrahams gekommen, in denen ein großes Merkzeichen lag. Sie behagten ihm ausnehmend. Er kam sich selbst wie ein Erzvater vor, als hochgeehrtes Haupt eines großen Hausstandes, reich an Vieh und allerlei Gut. Aber warum mußte diesem frommen Manne sein Glaube zur Gerechtigkeit gerechnet werden? Warum war gerade dieser Spruch mit einem dicken Strich bezeichnet, als sei er etwas Besonderes? War Abraham nicht schon von selbst gerecht? Ei, was war er für ein frommer Mann, Gott gehorsam bis zum Allerschwersten! Bald fand er auch die Evangelien, und las zum erstenmal in seinem langen, langen Leben die süße Botschaft vom Sünderheiland. Sehr, sehr wenig hatte er in seiner Kirche von ihm gehört und nichts so recht im Zusammenhang. Aber er merkte gleich, daß Christus in diesem Buch ganz anders abgemalt war, als ihn der Priester darstellte, wenn er ja einmal von ihm redete. Nicht als schrecklicher Richter, nicht als unnahbarer Himmelskönig trat jetzt der Gottessohn vor seine Seele, sondern als milder Freund der Kranken, Schwachen, Armen und Kleinen, besonders als Freund der Sünder! — Aber dieses so trostreiche Bild, das den wilden Christoph sogleich mächtig angezogen, stieß den tugendhaften, im ganzen Tale hochgeehrten Franzl ab. Ein Sünder war er doch gewiß nicht! Er hatte von Jugend auf ehrbar, fleißig und gottesfürchtig gelebt; was er etwa versehen, das war ja reichlich gesühnt durch manche Widerwärtigkeit, die ihm begegnet, und gutgemacht durch die vielen Wohltaten, die er nicht nur seinen Glaubensgenossen, sondern allen Armen und Bedrängten erwiesen, die ihm in den Weg kamen. Und doch mußte er immer von neuem lesen und nachdenken; er konnte nicht anders!

Zuweilen setzte er sich ans Bett der kranken Frau, um mit ihr über das Gelesene zu sprechen. Aber er konnte nicht mit ihr fühlen. Sie war ihr Lebtag arm, verachtet, von Trübsal heimgesucht gewesen; er dagegen angesehen und von Wohlstand umgeben. Dennoch bewunderte er die Ruhe, die Freudigkeit, mit der sie ihr Leiden trug und dem Tode ohne alle Furcht entgegensah.

In großer Schwachheit und quälender Atemnot lebte sie bis zum März. Dem strengen Winter war ein zeitiges, schönes Frühjahr gefolgt. Der Schnee war längst geschmolzen. Sonnenschein und warmer Wind hatten das Erdreich getrocknet; schon dufteten die ersten Märzveilchen am Bette der Kranken. Friedel hatte sie ihr gebracht. Sie verlangte, allein mit ihm zu sprechen, und er beugte sich über sie.

„Mein Sohn", sprach sie mit leiser Stimme, „öffne dort meinen Kasten. Ganz unten wirst du einen Beutel mit Geld finden, der ist dein Eigentum. Wir fanden ihn damals in deines Großvaters Bündel und verwahrten ihn gleich für dich. Nun soll es dein Wanderpfennig sein."

Mit leichter Mühe fand der Knabe den Beutel. „O Mutter", sprach er, „wie unendlich viel habt Ihr für mich getan, mich armen Fremdling jahrelang gespeist und getränkt, und gar noch das Geld für mich bewahrt! Wie soll ich Euch danken?"

„Du hast uns reichlich gedankt durch Liebe und Treue und durch das teure Bibelbuch. Und nun bitt' ich dich: Laß es dem Ännchen, wenn du wanderst! Aber versprich mir, daß du dir ein neues kaufst, sobald du in ein evangelisch Land kommst."

„Ich verspreche es, Mutter", erwiderte Friedel mit tiefem Ernst. „Keinem würd' ich das Buch lassen, aber dem Ännchen laß ich es gern; fürs Ännchen laß ich auch mein Leben!" Dann kniete er am Bett nieder und bat: „O Mutter, höre mich an und verstehe mich recht! Ich hab' was auf dem Herzen. Aber erst sag': Mußt du denn wirklich sterben?"

„Ja, mein Kind! Gott ruft mich, und ich folge mit Freuden, wenn auch mit schwerer Sorge um mein Ännchen."

„Ach", seufzte der Knabe, „ich sollte wohl hierbleiben und das Ännchen schützen, und ich kann doch nicht! Ich muß fort; ich muß zu meines Glaubens Genossen! Es zieht mich mit aller Macht zu ihnen. Und sieh, Mutter, zwischen mir und dem Ännchen ist's nicht mehr wie ehedem. Es läßt sich nicht mehr zur Gutenacht küssen wie in der Talmühle; es setzt sich nicht mehr neben mich, wenn wir uns um den Herd sammeln. Und doch fühl' ich, o Mutter, ich fühl' es so heiß, daß ich das Ännchen immer, immer liebhaben muß mein Leben lang! Darum will ich dich leise, ganz leise was fragen."

Er schlang die Arme um ihren Hals und flüsterte, tief errötend, einige Worte in ihr Ohr. Ein mildes Lächeln flog über die abgezehrten Züge. Sie legte die Hand auf das Haupt des Jünglings, der jetzt am Bett kniete, und sprach:

„In Gottes Namen, mein lieber Sohn, wenn es sein Wille ist! Ja, ich sehe es im Geist. Er wird dich sicher zurückführen und alles wohl vollenden!" —

Noch wenige Tage; dann kam das Ende. Ganz schmerzlos, sanft und still schlummerte sie ein, mit gefalteten

Händen, ohne jeden Kampf. Nur Friedel und Ännchen waren bei ihr; Franzl war leise eingetreten, unbemerkt von den Kindern. Das Mädchen weinte bitterlich; Friedel aber betete mit gedämpfter Stimme:

„In Christi Wunden schlaf' ich ein,
Die machen mich von Sünden rein.
Ja, Christi Blut und Gerechtigkeit,
Das ist mein Schmuck und Ehrenkleid;
Damit will ich vor Gott bestehn,
Wenn ich zum Himmel werd' eingehn."

Indessen stand der Atem still; und die Seele, die so viel gelitten, schwang sich empor in Christi Arm und Schoß. —

Am Abend rief Franzl den Friedel in seine eigene Kammer, hieß ihn an den Tisch sitzen, wo das Schreibgerät stand, und sprach:

„Schreib' mir den Vers auf, den du am Sterbebett gebetet." —

Wo soll man die selig Entschlafene zur Ruhe bringen? Diese Frage machte dem Franzl viel zu schaffen. Auf dem Kirchhof konnte man sie nicht begraben, ohne daß der Priester davon erfuhr, und dann würde allerlei an den Tag kommen, was am besten verschwiegen blieb. Was hinderte es aber, sie neben ihren Christoph zu legen! Waren nicht Männer genug im Hause, die sich beim Tragen der ohnehin nicht schweren Last abwechseln konnten?

So kam es, daß zwei Tage später ein stiller Trauerzug durch den Felsengang schritt und nach mühsamem Abstieg ins verlassene Tal kam, wo die Waldbäume schon anfingen, zarte Blätter zu treiben, das Gras grünte und hier und da ein Vogelstimmlein laut ward. Freundlich schien die Sonne auf die einsamen Gräber, denen nun ein drittes beigesellt ward. Als der Hügel aufgeschüttet war, und Ännchen ein Kränzlein von Frühlingsblumen darauf gelegt hatte, falteten alle die Hände zum stillen Gebet.

Ännchen hatte sich heute auf dem beschwerlichen, traurigen Weg von Friedel führen und stützen lassen wie ehemals, als sie noch Kinder waren. Jetzt stand sie neben ihm, still und gefaßt, den Blick zum Himmel gerichtet. Leise begann sie zu singen, und Friedel stimmte mit klaren Tönen ein:

„O Jerusalem, du Schöne!
Ach wie helle glänzest du!
Ach wie lieblich Lobgetöne
Hört man da in sanfter Ruh'!
O der großen Freud' und Wonne!
Jetzund gehet auf die Sonne,
Jetzund gehet an der Tag,
Der kein Ende nehmen mag.

Ach, ich habe schon erblicket
Diese große Herrlichkeit!
Jetzund werd' ich schön geschmücket
Mit dem weißen Himmelskleid.
Mit der goldnen Ehrenkrone
Steh' ich da vor Gottes Throne,
Schaue solche Freude an,
Die kein Ende nehmen kann."

6. In die weite, weite Welt

Obgleich Friedels Trauer um die freundliche Talmüllerin, die wie eine Mutter an ihm gehandelt, tief und aufrichtig war, ward doch die Sehnsucht nach einem freien Wanderleben täglich stärker in seiner Seele. Noch wenige Wochen, dann sollte es fortgehen in die weite Welt! Nur eine Sorge lastete noch auf seinem treuen Herzen. Ännchen paßte nicht recht zu dem jungen Volk auf dem Steinhof, das so lustig und leichtsinnig ins Leben schaute und mit dem schüchternen, ernsten Mägdlein nichts anzufangen wußte. Es tat ihm weh, es so einsam in einem Winkel sitzen zu sehen, emsig spinnend oder nähend, während die andern am Feierabend allerlei Kurzweil trieben, lustige Liedlein sangen und einander neckten und hänselten. Wenn er sich zu ihr setzte, ward sie ja hold und freundlich, lächelte aber doch wehmutsvoll über seine goldenen Zukunftspläne. Ach, wenn er fort war, würde sie nur Tobi zum Freund und Beschützer haben, der doch als Knecht gehalten ward und nur zum Essen ins Haus kam! Auch war's dem Friedel nicht entgangen, daß Peter, der zweite verheiratete Sohn des Hauses, ein etwas mürrischer Mensch mit stechenden, dunklen Augen, ihn und das Mägdlein von Anfang an mißgünstig angesehen hatte.

Da war's ihm ein großer Trost, daß dem Kinde recht bald nach dem Tode der Mutter ein starker Beschützer auftauchte, nämlich der alte Hausherr selbst. Bisher hatte er das Mädchen wenig beachtet; jetzt strich er ihm oft mit der Hand übers Goldhaar, sprach ihm freundlich zu und fragte, ob man es auch ordentlich versorge mit Speise, Trank und Kleidung. Endlich kam es so weit, daß Ännchen ihm allerlei kleine Dienste leisten durfte, und er sie gerne bei sich behielt, wenn die andern zur Feldarbeit auszogen, an der er, seines Alters wegen, nicht mehr teilnahm. Aber in dem schönen Garten hinterm Hause, wo man Obstbäume, Blumen und allerlei Küchenkräuter zog, arbeitete er noch rüstig, und wer ihm dabei helfen mußte, ward von niemand beneidet, da man's ihm schwer zu Dank machen konnte. Darum waren's alle zufrieden, daß er sich dies Jahr das stille fremde Mädchen zur Gehilfin wählte. Ännchen bewies sich so emsig, gehorsam und geschickt, daß sie nur immer Lob von dem Alten erntete. Ruhten sie dann auf der Bank unterm Apfelbaum, um das Vesperbrot zu essen, so führten sie gar ernstes Gespräch miteinander. Nicht selten brachte der Mann auch das Buch heraus, das er vor den Söhnen verborgen hielt und das Kind mußte ihm vorlesen. Es tat es mit süßer Stimme und tiefem Verständnis.

So standen die Dinge, als im wunderschönen Monat Mai Joseph und Friedel ihre Ranzen schnürten, die Wanderstäbe ergriffen und dem Steinhof Lebewohl sagten.

Joseph schied leichtherzig; sein Ziel war eine Stadt an der Donau, wo sein Oheim wohnte, in dessen Hause er ein lustig Leben zu finden hoffte. Friedel aber wanderte ins Ungewisse, denn ein gut Stück weiter mochte das Preußenland wohl sein. Ach, und wie wollte ihm das Herz zerspringen beim Abschied von Ännchen! Bleich und still reichte sie ihm die Hand, litt es auch, daß er ihre Stirn küßte, was er lange nicht mehr gewagt. Dann schlug sie die Hände vors Gesicht und lief eilend davon. „Sei getrost, braver Bub", sprach Franzl zu ihm, „ich bewahre sie dir!"

Als sie nun, von dem jungen Volk geleitet, zum Hof hinauszogen und zwischen grünenden Feldern hinwanderten, blickte Friedel noch einmal zurück. Da stand oben auf der schmalen Felsspalte, von wo er einst zum erstenmal das Tal überblickt, eine feine Mädchengestalt. Ein Sonnenstrahl fiel auf ihr Goldhaar, denn sie hatte das Kopftüchlein abgenommen und winkte ihm damit den Abschiedsgruß zu.

Als die Wanderburschen das schöne Tal hinter sich gelassen hatten, durchzogen sie stundenlang recht öde Gegend, sahen verfallene Hütten, brachliegende, mit Gestrüpp bewachsene Felder und ganz verwilderte Gärten. Es waren verlassene Wohnstätten der vertriebenen Lutheraner; und das frevelhafte Wort des Erzbischofs: „Lieber sollen in meinem Lande nur Dornen und Disteln wachsen, ehe ich einen Ketzer drin dulde", war hier schon in Erfüllung gegangen.

Am nächsten Tage überschritten sie die Grenze und kamen nach Bayern. Allmählich ward das Land weniger gebirgig und wäre wohl ungemein fruchtbar gewesen, wenn nur das Landvolk Zeit und Mut gehabt hätte, es recht ordentlich zu bebauen. Aber ach, es war damals in ganz Deutschland böse Zeit für das Volk, besonders für die Bauern! Nur wenige saßen im Wohlstand auf eigenem Grund und Boden, die meisten hatten ihr bißchen Land von einem Edelmann gepachtet. Da nun zu jener Zeit die Fürsten meist in Saus und Braus, ja sogar in Wollust und unsinniger Verschwendung lebten, machten's die Edelleute ihnen nach, und plagten und drückten die armen Bauern nach Herzenslust, so daß keiner zu einigem Wohlstand gelangen konnte. Der damalige Kurfürst von Bayern fütterte seine zahllosen Jagdhunde mit viel besseren Speisen, als die Landleute auf ihrem Tische hatten.

So trafen auch die beiden Wanderburschen fast überall Mutlosigkeit, Armut und dazu die größte Unwissenheit an. Allzu freundlich waren die Leute auch nicht; besonders Friedel ward oft scheel angesehen, weil er sich nicht vor dem Kruzifix oder Heiligenbild bekreuzigte, und die Stirn nicht netzte aus dem kleinen Weihwasserbecken, das in keiner Herberge fehlte. Dennoch gab's manch lustige Wanderung durch grünen Wald und blumige Wiesen, und viel Schönes zu sehen in den Städten, die sie durchzogen. In einer derselben ward eben Jahrmarkt gehalten. Da konnte sich's Friedel nicht versagen, ein seidenes Tüchlein und ein Silberkettchen für Ännchen zu kaufen, so sehr auch Joseph darüber lachte. Wohleingewickelt barg er's in seinem Ranzen. Würde er ihr es wohl jemals umhängen?

Zuweilen trafen sie auch einen Fuhrmann, der mit hochbeladenem Frachtwagen die rauhe, holprige Landstraße entlang zog, und ihnen gern erlaubte, für ein paar Groschen ein gut Stück mitzufahren.

Endlich ward das Land so eben und flach, wie es Friedel gar nicht für möglich gehalten hatte, und eines Abends sahen sie von weitem die Türme der Stadt P. Sie wanderten am Ufer eines großen Flusses, der hieß der Inn, und meinten, einen größeren könnte es auf der ganzen Welt nicht geben. Aber die Donau, an deren Strand sie endlich staunend standen, war noch viel breiter, und die großen und kleinen Schiffe, die so lustig einherschwammen, entzückten Friedel so sehr, daß er sich fest vornahm, ein Stück auf dem Wasser zu fahren, sobald er allein sei.

Mit einbrechender Nacht erreichten sie das Haus des Silberschmieds, in dem behaglicher Wohlstand herrschte. In dem Briefe des Vaters, den Joseph dem Hausherrn überreichte, mochte wohl auch Friedel der Huld des stattlichen, selbstbewußten Mannes empfohlen sein, denn er ward recht freundlich aufgenommen. Als sich's aber zeigte, daß er ein blutarmer Bursch, dazu auch ein Ketzer war, behandelte man ihn kühler, und nach zwei sehr nötigen Rasttagen nahm er seinen Abschied.

Recht frei und leicht war ihm zumute, daß er nun ganz sein eigener Herr war, aber doch auch ein wenig beklommen. Über seinen Plan, nach Preußen zu ziehen, hatte der Silberschmied nur gelächelt und die hohe, stattliche Gestalt des Burschen mit so eigenem Blick betrachtet. „Sei gescheit!“ hatte er gesagt. „Nimm Arbeit in deinem Handwerk, sobald du sie findest, und verdiene dir ein gut Stück Geld; das ist die Hauptsache.“ Ja, alle Leute taten, als ob das Geld das höchste Gut sei; der Großvater und die Talmüllerin hatten ganz anders gesprochen!

Behaglich schlenderte er noch ein wenig in der Stadt umher, die zwar schöne Kirchen, aber enge, düstere Straßen hatte. O wie trübselig mußte es sein, zwischen diesen altersgeschwärzten Mauern zu wohnen! Es zog ihn mit Gewalt wieder hinaus ins Freie. Schade, daß hier alles katholisch war! Wie gern hätte er einmal wieder in einer Kirche gebetet und gesungen, wie vor vielen Jahren als kleiner Knabe! Schon war er dem Flußufer wieder nahe, da sah er ein bescheidenes Kirchlein auf einem kleinen freien Platze. Die Tür war offen, und drinnen ward gesungen. Horchend blieb er stehen. O, klang es nicht wie süßer Ton aus der friedlichen Kindheit? Das Lied war ihm so bekannt, daß er hereintrat, sich auf die hinterste Bank setzte und gleich aus Herzensgrund mit einstimmte. Nun erschien ein alter, freundlicher Pfarrer auf der Kanzel und sprach ganz in der Weise wie der gute Herr, bei dem er zur Kinderlehre gegangen. Es wurde dem Jungen ganz heimisch in dem einfachen, fast dürftigen Raum. Als der kurze Wochengottesdienst aus war, faßte er sich ein Herz, wartete draußen auf den Pfarrer, trat mit abgezogenem Hute bescheiden auf ihn zu und fragte:

„Ich bitt' schön, ehrwürdiger Herr, wo führt denn hier der Weg ins Preußenland? Ist's nimmer weit dahin?"

Verwundert und fast unwillig blickte der Mann dem Burschen ins Gesicht. Nein, der sah so kindlich, so treuherzig aus, der konnte keinen albernen Scherz mit ihm treiben!

„Mein Sohn", erwiderte er, die lange Perücke schüttelnd, die er nach damaliger Sitte trug, „da hast du einen weiten, gefährlichen Weg vor dir! Sage, was treibt dich in solche Ferne?"

„Ach, ich bin ein Salzburger und vor vielen Jahren zurückgeblieben, als der Erzbischof Firmian meine Leut' aus dem Lande trieb. Nun bin ich groß und stark und möcht' ihnen nachziehen."

„Hast du denn Zehrgeld?"

„O ja; der Beutel ist noch recht dick!" entgegnete der Bursche, ihn aus der Tasche ziehend.

„Laß ihn nur stecken", sprach der Pfarrer lächelnd. „Und zeig' ihn keinem ohne Not; hörst du? In unserm armen geplagten Bayernland wimmelt's von Landstreichern und Wegelagerern. Jetzt komm mit und iß eine Suppe bei mir; dann wollen wir weiter reden."

Nachdem sich Friedel in dem sehr bescheidenen Wohnstübchen des guten alten Herrn gesättigt, und ihm die ebenso freundliche Frau Pfarrerin einen Riß im Kittel zugenäht hatte, nahm ihn der Pfarrer in die Studierstube, wo so viele Bücher an den Wänden standen, als der Junge kaum in der ganzen Welt vermutet. Freimütig und kurz erzählte er dem alten Herrn, wie's ihm von klein auf ergangen, und wie ihn nun eine mächtige Sehnsucht zu seinen Volks- und Glaubensgenossen treibe. Daß er aber wieder zurückgehen wolle, wenn er eine gute Heimat gefunden habe, um Tobi und Ännchen nachzuholen, das brachte er nicht über die Lippen.

„Mein Sohn", sprach der Pfarrer nach einigem Nachdenken, „deine Schicksale sind wundersamer Art! Erzähle sie nicht so leicht einem jeden; man würde dir schwerlich glauben. Bei mir ist dein Vertrauen gut angebracht; ich weiß, daß Gott die Seinen oft verschlungene Wege führt. Die Vertriebenen sind vom König von Preußen, der ein rauher, strenger, aber frommer Mann ist, wohl aufgenommen und kräftig unterstützt worden. Viele sind in Berlin und anderen preußischen Städten geblieben; der größte Teil aber ist weit, weit nach Osten gezogen, wo man ihnen Land angewiesen hat. Der König hat große Summen Geldes zu ihrer Ansiedlung gestiftet."

„Dann will ich zum König nach Berlin gehen", sprach Friedel entschlossen, „und ihn um den Weg fragen; vielleicht weiß er auch, wo mein Pate Rudi geblieben ist."

„Du bist ein rechtes Kind", sagte der Pfarrer lachend, „und ganz und gar weltfremd! Ein Bursch, wie du, kommt nicht so ohne weiteres zum König. Dazu ist er alt und kränklich, wie man hört. Und doch möchte ich dir helfen. Deine Treue und dein fester Sinn gefällt mir." Er dachte eine Weile nach, setzte sich dann an den Tisch und begann zu schreiben, ließ aber sogleich wieder davon ab und fragte: „Kannst du lesen?"

„Freilich!"

„Auch Geschriebenes?"

„Sicher! Ich kann auch selber schreiben; hab's nur seit Jahren wenig geübt."

„Sei froh! Hier im Bayernlande hätten die meisten deiner Art mit Nein geantwortet."

Nun schrieb er ziemlich lange, faltete und siegelte einen Brief und gab ihn dem Burschen. „Dieser Brief ist an einen Pfarrer in Berlin, der mir wohlbekannt ist. Wenn dich Gott sicher so weit geführt hat, wirst du leicht seine Wohnung erfahren, und er wird dir raten, was du tun sollst. Auf diesen Zettel aber habe ich dir die Städte geschrieben, durch die deine kühne Reise führt. Sieh, diese ersten liegen in Bayern, diese nächsten in Sachsen; das ist ein lutherisch Land, da wird dir's gefallen! Bist du aber erst in Preußen, so kommen diese Orte dran und zuletzt Berlin. Aber, aber, mein Junge! Denke nicht, daß dein Beutelchen so weit reicht! Suche Arbeit und Verdienst, wo du's findest, nicht nur in deinem Handwerk. Glaub' mir's: Es kann ein Jahr vergehen, ehe du dein Ziel erreichst; denn im Winter hört alles Wandern auf bei den schlechten Straßen."

„Das tut nichts", erwiderte Friedel herzhaft; „wenn ich nur zuletzt hinkomm!"

„Ja, wenn!" sagte der Pfarrer nachdenklich und ging unruhig im Stübchen auf und ab, als hätt' er noch was auf dem Herzen. Endlich blieb er vor seinem Gast stehen und sprach: „Junge, du bist gewachsen wie eine Tanne, stark und geschmeidig dazu: nimm dich in acht, daß sie dich nicht zum Soldaten machen!"

„Ei, das sollen sie fein bleiben lassen; ich bin ja ein Müller!"

„Das schützt dich nicht! Ich sage dir's, hüte dich! Sitze nicht lang in den Herbergen, trinke keinen Branntwein, und nimm ja von keinem Geld an, es sei denn, daß du's mit redlicher Arbeit verdient hast."

Und nun erzählte er dem erstaunten Burschen, wie listig es die Werber oft anfingen, einen zum Soldaten zu machen, und wie ihm kein Mensch mehr helfen könne, wenn er einmal das Handgeld angenommen.

Friedel hörte aufmerksam zu, verstand aber die Sache nicht ganz; sie war ihm allzufremd. Hingegen schien ihm hier der rechte Ort, eine Bibel zu kaufen. Er erhielt sie aber sogar geschenkt und bedankte sich recht aus Herzensgrund. Sie war kleiner und leichter als die des Großvaters und beschwerte den Ranzen nicht sehr.

Ein wenig nachdenklich, aber doch frohen Mutes schied Friedel von dem guten Pfarrer, ging auf seinen Rat ans Flußufer und fand freie Fahrt bis Regensburg auf einem mit allerlei Kaufmannsgut beladenen Schiffe. Tüchtig rudern und manch andern Dienst tun mußte er freilich für sein bißchen Essen und Trinken; doch er tat's gern, denn er sehnte sich danach, wieder was zu schaffen. Von Regensburg wanderte er wacker nach Norden zu, und des Pfarrers Zettel war ein guter Wegweiser. Aber recht einsam war's doch, immer so allein seine Straße zu ziehen; darum freute er sich, als sich einst ein ganz prächtiger Bursche zu ihm gesellte, der just nach derselben Stadt wollte. Was wußte er für lustige Lieder, und wie konnte er erzählen! Ein Landstreicher war's sicher nicht! Er hatte ja eine Feder auf dem Hut und silberne Schnallen an den Kniehosen. Ganz vornehm mußte er sein, hatte schon mit Grafen und Edelleuten zu Tisch gesessen! Aber der Sommertag war heiß, und das weiche Gras am Waldesrand lud zur Ruhe ein. Sie streckten sich im kühlen Schatten nieder und schliefen bald sanft und fest. Ja, Friedel mochte wohl recht fest geschlafen haben, denn als er endlich erwachte, die Augen rieb und sich nach dem schmucken Kumpan umsah, war er weg und kam auf kein Rufen wieder. Aber der Schweiß rann dem Friedel von der Stirn; die Sonne hatte den Weg zu ihm gefunden. Er fuhr in die Tasche, um sein Tüchlein herauszuheben. Das war sicher drin; aber der Geldbeutel, der dabei gesteckt, der war weg! O weh, o weh! Wer hätte gedacht, daß ein Landstreicher so wacker plaudern könne und samtene Hosen trüge! Ein Viertelstündchen saß der arme Bursch weinend am Waldesrand, dann aber raffte er sich auf. „'s war ja nur schnödes Geld", sprach er; „bald kann ich's wieder verdienen! Gut, daß ich den Ranzen unterm Kopf hatte, sonst wär' der wohl auch weg! Nun muß ich arbeiten, und freue mich darauf; 's Wandern kriegt einer auch satt! Schadet nichts, wenn ein paar gute Jahre hingehen, ehe ich wieder heimkomme. Ich und's Ännchen sind ja noch viel zu jung zum — —" Weiter kam er nicht, schnallte den Ranzen auf und marschierte wacker vorwärts.

Ein paar Tage später schaffte er schon in einer großen Mühle, wo es noch viel für ihn zu lernen gab. Der Meister gewann ihn lieb und ließ ihn den ganzen Winter nicht fort, da es im reißenden Flüßchen wenig Eis gab und das Mühlwerk nur selten stillstand. Hier schrieb er einen Brief an den Franzl und übergab ihn zaghaft der wundersamen Anstalt, die man Post nannte. Freilich war alles ringsum katholisch; aber er hielt sich still, las fleißig in seiner Bibel, mied das Wirtshaus, und in der Arbeit tat es ihm keiner zuvor.

Gern wäre er im zeitigen Frühjahr weitergezogen, aber er mußte lange warten, ehe die aufgetauten, bodenlosen Landstraßen wieder gangbar waren. Dann setzte er seinen Stab weiter und kam glücklich bis ins Sachsenland. Einen großen Schatz trug er in der Brusttasche, einen Brief vom Franzl am Stein, unter den das Ännchen mit mühsam gemalten Buchstaben einen kurzen Gruß gesetzt hatte. Er wickelte ihn mit dem Tüchlein und der Kette zusammen, die er für Ännchen gekauft, und labte sich an dem Anblick dieser Schätze, wenn ihm der Mut sinken wollte. Denn ach, auch in Sachsen fand er das nicht, was er erwartet!

Da es ein lutherisch Land war, meinte er, es müsse so fein friedlich und christlich zugehen, wie ehemals unter den frommen Salzburgern. O wie anders fand er es!

In Sachsen regierte damals August III., ein träger charakterloser Mensch, der, wie sein Vater August der Starke, seinen Glauben verleugnet hatte und katholisch geworden war. Während er nur seinem Vergnügen lebte, trieb sein Minister, Graf Brühl, die sinnloseste Verschwendung, so daß das arme Volk die schwere Last der Steuern und Abgaben kaum ertragen konnte. Die Reichen aber machten's meist ihrem Fürsten nach, drückten und plagten die Armen und lebten dabei in Wollust. Hart und streng hielten auch die Herren ihre Knechte, die Meister ihre Gesellen. Trotzdem ging's dem Friedel nicht allzu schlecht. An Gehorsam war er von klein auf gewöhnt; Arbeit war seine Lust, und ein hartes Wort nahm er nicht so leicht übel. Daß er jeden Sonntag zur Kirche gehen und sich dort Trost und Mut holen konnte, war ja ein unbezahlbarer Schatz. Ach, oft kam er auch mit beschwertem Gewissen! Denn nicht immer widerstand er der Versuchung, ein wenig teilzunehmen an der wilden Lustigkeit in den Herbergen. Sein Blut war heiß und wallte leicht auf, wenn man ihn neckte um seines stillen Wesens willen; schon das verwickelte ihn in manchen Streit. Auch kam's wohl vor, daß er einmal ein Tröpflein über den Durst trank.

Nur in einem Ding blieb er unerschütterlich fest. An dem Scherz und leichtfertigen Geschwätz, das die Burschen in der Herberge mit hübschen Wirtstöchterlein oder stattlichen Mägden trieben, nahm er nie teil, nein, nicht mit einem Wort! Sie gingen ihn alle nichts an! Nicht einen Augenblick vergaß er, was er damals am Bett kniend, zu Frau Maria gesagt, und was sie ihm geantwortet hatte. Hell und klar wollte er seine Augen zu Ännchen aufschlagen, wenn Gott ihn wieder zu ihr führte!

Zwischen all dem Jammer, all der wilden Lust und dem

harten Wesen gab es doch noch eine große Anzahl ernster, frommer Christen, die, unbekümmert um die tolle Welt, ihres Glaubens lebten. Zu solchen führte Gott endlich auch den jungen Wandersmann. Ein ganzes Jahr arbeitete er bei einem braven Müller, der zu diesen „Stillen im Lande“ gehörte, befand sich dort gar wohl und ward gehalten wie der Sohn des Hauses. Gern hätte ihn der Meister noch länger behalten, doch zog es ihn nun mächtig nach Preußen. Er hatte sparsam gelebt; sein Beutel war so gut gefüllt, daß er hoffte, damit endlich bis nach Berlin zu kommen.

In der Mühle sammelten sich oft verständige Männer aus der Stadt, um am Feierabend ein wenig zu plaudern. Bescheiden zuhörend vernahm Friedel dann allerlei vom Lauf der Welt. Er wußte, daß der strenge, gefürchtete König von Preußen, der doch unendlich viel für sein Volk getan, gestorben war, und sein Sohn Friedrich II. den Thron bestiegen hatte. Von diesem erzählte man seltsame Dinge. Klein und mager von Person, sei er doch eine gar königliche Erscheinung, und der Blick seiner Augen sei so klar und durchdringend, als wolle er jedem ins Herz hineinsehen. Sein ganzes Streben gehe dahin, sein Volk glücklich zu machen; doch gehe er dabei viel milder und freundlicher zu Werke als sein harter Vater. Das machte dem Friedel Mut und Hoffnung; wer weiß, ob's ihm nicht gelingen würde, diesen leutseligen König selbst nach den Salzburgern zu fragen!

Von vielen Segenswünschen begleitet, zog er aus und überschritt endlich guten Mutes die preußische Grenze. Bald merkte er, daß hier unterm Volk wirklich ein besserer Geist herrschte. Wie fleißig schafften sie alle, auch die es nicht fürs täglich Brot bedurften! Größerer Wohlstand und bessere Ordnung war in Dorf und Stadt zu finden; freilich auch das strenge, herbe Wesen, das die Not der Zeit mit sich gebracht hatte. Bald fiel's ihm auf, daß viele der jungen Burschen, die auf den Feldern arbeiteten, grellrote Halsbinden trugen. Auf die Frage, was das bedeute, sagte man ihm, es seien Kantonisten, d. h. Leute, die von Jugend auf für den Soldatendienst bestimmt wären. Jede Stadt und jedes Dorf müsse eine bestimmte Anzahl stellen. „Ei", dachte Friedel, „das ist also die Sache, vor der mich der gute Pfarrer warnte. Nun, ich laß mir sicher nicht so ein rotes Ding um den Hals zwängen! Bin auch weder in Stadt noch Dorf zu Hause." Wenn nur die Welt, und besonders das Preußenland, nicht gar so groß gewesen wäre! Er ließ sich gewiß das Gras nicht unter den Füßen wachsen und vertat keinen Groschen unnütz, dennoch ging das Geld zu Ende, und Berlin war noch weit weg.

Eines Tages saß er mutlos in einem einsamen Wirtshaus an der Landstraße; vom bösen Unwetter überrascht, hatte er das nächste Dorf nicht mehr erreichen können. Außer ihm war nur noch ein einziger Gast in der großen Stube, ein stattlicher Herr in feiner Tuchkleidung und mit einem gewaltigen Zopf, der ihm fast bis an die Hüften herabhing. Er schrieb emsig in eine große Brieftasche, trat zuweilen ans Fenster, um nach dem Wetter zu sehen, beachtete aber den Müllerburschen gar nicht. Endlich brachte der Wirt das Abendessen; für Friedel eine dicke Suppe und ein Stück Schwarzbrot, für den Herrn aber ein gebratenes Huhn und einen Krug Wein. Der hungrige Bursche vertiefte sich in seine Suppenschüssel, ohne zu merken, daß die beiden Männer leise miteinander sprachen und nach ihm hinüberblickten. Endlich begann der Herr laut zu reden:

„Es ist ein fatales Ding, daß mir der Bursch eben jetzt davonlaufen mußte um der einzigen Kopfnuß willen! Wenn's heimwärts ginge, machte ich mir wenig draus, den Dummkopf los zu sein; aber nach Berlin ganz ohne Bedienung zu reisen, paßt mir nicht."

„Ei, wenn's nur das ist", erwiderte der Wirt, „so wird

sich wohl jemand finden, der den gestrengen Herrn dahin begleitet. Heda, junger Mehlsack, will Er nicht nach Berlin?“

„Meint Ihr mich?“ fuhr Friedel auf. „Ein Mehlsack bin ich nicht!“

„Hast aber schon manch einen auf dem Buckel getragen, he? Hier gäb's was für Ihn!“

„Was denn?“

„Ei, wenn Er nicht gar so unmanierlich ist, könnt' Er den gnädigen Herrn hier nach Berlin begleiten als sein Diener.“

„Das geht nimmer! Ich bin ein freier Mann; gedient hab' ich noch nie.“

Der Herr war aufgestanden und trat an Friedels Tischchen. „Ei, mein Bursch, überlege dir die Sache. Freie Fahrt nach Berlin im Postwagen, gut Essen und ein schön Stück Geld. Weiter nichts zu tun, als mein Gepäck zu tragen, Kleider und Schuhe zu bürsten und dergleichen kleine Dienste zu leisten, die du bald begreifen wirst. Ein Dummkopf bist du nicht; das steht dir auf der Stirn geschrieben. Ein paar Wochen, dann ist alles vorüber; es ist nur für diese unangenehme Reise.“

„Kann ich dann in Berlin bleiben?“

„Ei gewiß! Ich nehm' dich nicht wieder mit.“

„Ob ich dort auch den König zu sehen bekomme?“

„Nicht einmal, zehnmal sollst du ihn sehen, wenn du mit mir gehst.“

„Dann will ich in Gottes Namen!“

Am andern Tag mußte er sich sauber waschen und kämmen, seine Sonntagsjacke anziehen und den Wanderkittel im Ranzen tragen. Kaum war's geschehen, so erklang auch schon ein Posthorn, und der schwerfällige Wagen, auf den der gnädige Herr gewartet, hielt vor dem Hause. Friedel mußte in einem kleinen Kasten, der hinten angebracht war, Platz nehmen, und fort ging's, dem langersehnten

Ziele zu. Nicht allzu geschwind! Die damaligen Postwagen waren gar ungeschickte, meist federlose Dinger, und das Fahren darin keineswegs ein Vergnügen. Das spürte auch Friedel in seinem engen Käfig gar bald, war aber dennoch guter Dinge. Nach ein paar Tagen erreichte man die letzte Station vor Berlin. Ehe der Herr, dem der Wein heute besonders gut geschmeckt hatte, wieder in den Wagen stieg, warf er dem Friedel ein blankes Silberstück hin und rief:

„Hier, Bursch, hast du derweil ein Handgeld."

„Laßt's doch sein, Herr", sprach der Diener, „bis meine Zeit aus ist."

„Unsinn! Das tät zu lang dauern."

„Na", dachte der Friedel, „wenn ich den König sehen will, möcht' ich mir neue Schuhe kaufen; der Herr hat wohl gesehen, daß meine nicht viel mehr taugen."

Bald war's zu merken, daß man sich der für damalige Begriffe schon großen Stadt immer mehr näherte. Es war ein herrlicher Herbsttag; kein Wölkchen am Himmel. Die Felder waren schon fast abgeleert, aber die Obstgärten prangten im Schmuck der rotwangigen Äpfel und goldgelben Birnen; die Wiesen im letzten frischen Grün. Viele Menschen spazierten draußen herum, sich an der milden Luft zu erquicken. Vergnügt blickte Friedel in das fröhliche Leben; sein Herz klopfte in freudiger Erwartung. Nun mußte er ja bald sichere Kunde erhalten, wo sich seine Volkgenossen hingewendet. Jetzt rumpelte der Postwagen langsam an einem weiten Platz vorüber, auf dem Soldaten exerzierten. So oft der Wandersmann früher so etwas gesehen, hatte er so schnell als möglich Reißaus genommen; heute durfte er's wohl gemütlich betrachten.

Aber, o Schrecken, wie ging's da her. Wenn einer beim Franzl am Stein das Vieh so angebrüllt, mit Füßen getreten und mit Fäusten geschlagen hätte, wie hier die Korporale die armen Soldaten, wär's ihm schlecht ergangen. „O wie gut ist's, daß ich keinem Werber begegnet bin!"

dachte Friedel und war froh, als sie vorüber waren.

Nun ging's zum Tor herein in die Stadt, und bald hielt der Wagen vor einem Posthause. Da standen zwei Männer, die schon auf den Herrn gewartet hatten. „Bringt Ihr ein paar?" hörte er sie fragen. „Nur einen, aber einen Prachtkerl!" war die halblaute Antwort.

Friedel sah sich vergebens nach dem Prachtkerl um und wollte das Gepäck auf seine Schulter nehmen, wie er's gewöhnt war. Aber die Männer ließen's nicht zu; nur seinen eigenen Ranzen durfte er aufsacken.

„Geh' einstweilen mit diesen beiden", gebot der Herr Amtmann lachend, „da wirst du bald den König sehen." Mit diesen Worten verschwand er in der Haustür; die beiden nahmen Friedel in die Mitte und führten ihn durch enge, winklige Straßen vor ein großes unsauberes Haus mit kleinen vergitterten Fenstern. Hier konnte doch der König unmöglich wohnen!

„Was soll ich da drin? Was habt ihr mit mir vor?" fragte der Jüngling, plötzlich von banger Ahnung befallen.

„Dummer Kerl! Hier gehörst du 'rein; 's ist eine Kaserne. Du bist ja ein Rekrut!"

„Das ist nicht wahr", schrie Friedel entsetzt; „ich bin des gnädigen Herrn Diener!"

„Schöner gnädiger Herr! Ein Werbeoffizier ist's! Du dummes Schaf, bist ihm ins Garn gegangen. Marsch, 'nein mit dir!"

Aber der junge Salzburger ließ sich die Freiheit nicht so leicht rauben. Gewandt und kräftig, wie er war, riß er sich mit aller Macht los, schleuderte das entsetzliche Handgeld in den Straßenschmutz und rannte in großen Sprüngen davon. Aber ach, auf das Geschrei seiner beiden Verfolger: Haltet ihn; 's ist ein Rekrut!" ward er im nächsten Augenblick festgehalten, seinen Führern wieder übergeben und von ihnen in die Kaserne geschleppt. Den

Unglückstaler steckten sie ihm wieder in die Tasche. O wie hatte er ihn nur annehmen können! Wie konnte er die Warnung des guten Pfarrers vergessen!

„Sieh“, sagte einer der Männer nun freundlicher, „an dieser Haustür steht ein Wachtposten mit geladenem Gewehr; darum sei vernünftig und denke nicht an Flucht. Hier ist deine Stube; nun sei gescheit und mach' dir's bequem. Heute und morgen hast du noch frei.“

7. Ein guter Kamerad

In der großen düsteren, nur mit dem nötigsten Hausrat versehenen Stube befanden sich drei Männer. Einer, der ins Lesen eines Buches vertieft am Fenster saß, hob nur den Kopf, seufzte tief und las weiter. Die beiden andern, die Karten spielend am Tische saßen, begrüßten den Verzweifelten mit rohem Gelächter. Friedel aber sank auf einem Schemel nieder, schlug die Hände vors Gesicht, und seine kräftige Gestalt erbebte im Übermaß des Jammers, der sich endlich in lautem Weinen und Schluchzen Luft machte. Selbst den rohen Spielern ward's unheimlich dabei zumute. „Komm“, flüsterte der eine, „wollen gehen und eins trinken, bis er ausgetobt hat.“

Als sie hinaus waren, legte sich eine Hand sanft auf das Haupt des Weinenden. Er blickte auf; der eifrige Leser stand vor ihm, ein schöner, stattlicher junger Mann, bedeutend älter als Friedel und mit so feinen, geistvollen Zügen, daß ihn dieser für etwas ganz Vornehmes hielt, obgleich er nur die grauleinerne Hausjacke der Soldaten trug.

„Ach, lieber Herr“, rief er händeringend, „laßt mich hinaus, laßt mich fort! Man hat mich schändlich betrogen; ich kann und mag nicht Soldat sein!“

„Armer Bursche“, erwiderte der andere, „ich kann dir

nicht helfen! Ich bin ja auch Soldat wider Willen, schon seit einem Jahr.“

„Kommt Ihr denn bald wieder los?“

„Nicht eher, als bis mich Gott von dieser bösen Welt nimmt“, war die traurige Antwort.

„Bis man stirbt, muß man Soldat bleiben?“ schrie Friedel ganz verzweifelt. „Dann will ich jetzt sterben, jetzt gleich! Ich halt's nicht aus, nein, nimmer, nimmer! Frei will ich sein oder tot!“

Eine Weile ließ ihn der Ältere gewähren, dann sprach er sanft: „Bruder, das ist nicht recht! Kannst du beten?“

Statt aller Antwort glitt Friedel am Schemel nieder; der Kamerad kniete neben ihm und flehte in schlichten, innigen Worten um Kraft und Geduld, dies schreckliche Los männlich und christlich zu tragen, und fest zu glauben, daß auch dies schwere Schicksal aus Gottes Hand komme.

Friedel war still geworden und streckte sich auf den Rat des Gefährten aufs harte Lager, gänzlich erschöpft von Schrecken und Jammer.

„Wie heißt Ihr?“ fragte er den andern, der sich freundlich um ihn bemühte. „Und warum seid Ihr so gut zu mir?“

„Weil ich dir an den Augen ansehe, daß du besserer Art bist als andere, und weil du beten kannst. Nenne mich Johannes und sage du; laß uns Freunde sein! Wir werden Zeit genug finden, einander die Herzen auszuschütten; jetzt mußt du ruhen. Ich will uns eine Suppe holen und dein Kommißbrot; du bist ganz erschöpft.“

Als der arme Bursch am späten Abend endlich die müden Augen schloß, bewegten sich seine Lippen noch zu einem innigen Dankgebet, daß ihm Gott in der Gestalt des neuen Freundes, der still und ernst an seinem Bette saß, einen Schutzengel zugesellt hatte.

Am nächsten Tage ward der Rekrut in die Rüstungskammer geführt und in die enge, knappanliegende Uniform gekleidet. Sie kam ihm vor wie eine Zwangsjacke, und er hätte sie am liebsten gleich wieder vom Leibe gerissen. Am verhaßtesten war's ihm, daß sein schönes lichtbraunes Haar, auf das er ein wenig eitel gewesen, in einen garstigen Zopf gedreht wurde, der, künstlich verlängert, über den Rücken herunterbaumelte. So umgewandelt führte man ihn mit mehreren Schicksalsgenossen in eine weite Halle, wo ihnen ein Offizier etwas sehr Langes vorlas, wovon Friedel fast gar nichts verstand. Johannes sagte ihm später, es seien Kriegsartikel gewesen; das machte ihn auch nicht viel klüger. Nun wurden ein paar große Fahnen hereingebracht, die mußten alle umfassen und einige Worte nachsprechen, die ihnen der Offizier vorsagte. Da aber dem Salzburger die schnarrende Sprechweise des ungeduldigen Herrn fast unverständlich war, bewegte er nur den Mund, ohne ein einziges Wort zu sagen. Das war der Fahneneid, der den armen Jungen auf Lebenszeit an einen Beruf fesseln sollte, der ihm zuwider war und zu dem man ihn durch schändlichen Betrug gezwungen!

Der Adel, aus dem damals allein die Offiziersstellen besetzt wurden, war mit wenigen Ausnahmen roh, übermütig, leichtfertig und stolz. Da war's kein Wunder, daß es den armen Burschen, die auf dem Exerzierplatz ganz in die Gewalt solch hochnäsiger, grober Junker gegeben waren, herzlich schlecht erging. Das mußte auch Friedel reichlich erfahren; und es kostete dem treuen Johannes unendliche Mühe, ihn zu überzeugen, daß er sich Schimpfworte, Püffe, Fußtritte und Stockschläge gefallen lassen müsse, ohne ein Wort des Widerspruchs. Immerhin war für den gewandten, verständigen Burschen die allerschlimmste Zeit bald überstanden; und als es zu den Schießübungen kam, erntete er sogar zuweilen ein Wort des Lobes. Obgleich aber die Ausbrüche bitteren Jammers und ohnmächtigen Zorns allmählich seltener wurden, versöhnte er sich doch nie mit seinem Schicksal; nein, nicht einen Augenblick! Zahllos waren die Fluchtpläne, die er für sich und den Freund schmiedete, die aber nie zur Ausführung gelangten, da sich überall unübersteigliche Hindernisse entgegenstellten.

Vielleicht war es gut, daß die Rekruten, besonders im ersten Jahre, nur wenig Zeit hatten, über ihr Schicksal nachzudenken. Das Drillen und Üben nahm gar kein Ende, und wenn's überstanden war, gab's in der trübseligen Stube zu waschen und zu putzen, damit am nächsten Tage nicht etwa ein Schmutzflecken an den weißen Gamaschen oder ein blind gewordener Knopf den Zorn des Korporals reizte. War endlich ein freies Stündchen, so suchten nicht wenige die Branntweinschenken auf, um in rohem Scherz ihr Elend zu vergessen; andere beschäftigten sich mit allerlei Handarbeiten oder Tagelöhnerdiensten, um einige Groschen zu erwerben, da der Sold so knapp war, daß er kaum zum Nötigsten reichte. Johannes, der eine schöne Handschrift schrieb, saß an den langen Winterabenden meist über Rechnungen und Briefen, die ihm ein Kaufmann zum Abschreiben übergab. Friedel aber suchte die Schnitzkunst wieder hervor, die er bei Tobi gelernt; und seine Löffel, Becher und Schüsseln wurden von den Kameraden gern gekauft.

Nach und nach wurde er ruhiger und lernte sein Schicksal männlich und gefaßt ertragen wie der Freund. Zu solcher Zeit erzählten sie einander aus vergangenen Tagen; ach, es klang wie aus einer andern, lieblich heiteren Welt! Friedel vertraute dem Freunde sehr bald seine wunderbaren Schicksale an; ja, er verschwieg ihm sogar seine innige Liebe zu Ännchen nicht, die ihm jetzt im Unglück erst recht zum Bewußtsein kam. Aber wie erschrak er, als Johannes das Antlitz in die Hände verbarg, schmerzlich seufzte und endlich in heiße Tränen ausbrach! Nach der Ursache zu fragen, wagte er nicht. Seine Ehrfurcht vor dem ernsten Freund war ebenso groß wie seine Liebe zu ihm. Bald beruhigte sich dieser und begann:

„Von deinen Salzburgern kann ich dir etwas mitteilen. Mein lieber Vater, der ein Prediger ist, nahm großen Anteil an ihrem Schicksal; ja, ich erinnere mich selbst noch wohl, daß eine kleine Schar durch unser Dorf zog, wo wir etliche in unserm Hause beherbergten. Auch über das Schicksal derer, die nach Amerika auswanderten, erhielt mein Vater Nachricht. Sie haben im Staate Georgia eine neue Heimat gefunden."

„Ist das weit?" unterbrach Friedel mit glänzenden Augen. „Könnten wir nicht dorthin entfliehen? Aufs Meer würden sie uns nicht so schnell folgen."

„Armer Junge! Du würdest eingeholt werden, lange, ehe du das Meer erreichtest. Auch in den Häfen sind Spione! Ach, es ist sehr, sehr weit! Wart', ich will dir's zeigen."

Er brachte aus seinem Kasten ein breites buntes Buch hervor mit seltsamen Bildern, wie sie Friedel noch nie gesehen; es waren Landkarten. Nur zu bald merkte Johannes, wie kindlich und mangelhaft des Freundes Vorstellungen von Gestalt und Größe der Erde, von den Entfernungen zwischen den Ländern und Meeren waren. Mit Staunen hörte Friedel auf die Wunderdinge, die er ihm davon erzählte, und es entspann sich daraus ein Unterricht, der für beide gleich genußbringend war.

Auch im Schreiben übte sich der Jüngere unter Aufsicht des gelehrten Genossen und verfaßte mit vieler Mühe, oft unterbrochen durch heißes Weinen, einen langen Brief an den Franzl vom Stein, worin er die traurige Wendung seines Geschickes berichtete. Was er ganz am Rande für Ännchen hinzufügte, brauchte der Freund nicht zu lesen, begehrte es auch nicht.

So wurden die beiden je länger je mehr ein Herz und eine Seele. Nur in einem blieben sie verschieden. Friedel gab nie, nein, keine Stunde lang, die Hoffnung auf, daß

Gott ihn noch hienieden aus dem schweren Joch erlösen und in die Heimat zurückführen werde. Bat er ihn doch täglich so heiß, so inbrünstig darum! Johannes dagegen hatte alle irdische Hoffnungen aufgegeben, sehnte sich aber desto mehr nach der Stunde, da seine befreite Seele aufschweben würde zur ewigen Freude.

Friedel ward trotz der schmalen Kost, trotz des bitteren Heimwehes immer kräftiger und abgehärteter. Johannes aber brach oft, wenn die anstrengenden Übungen vorüber waren, ganz kraftlos zusammen, war auch nicht selten krank, so daß er einige Tage das Bett hüten mußte. Dann pflegte ihn der Freund so gut er konnte und sparte sich den mühsam verdienten Groschen ab, um ihm eine Erquickung zu bereiten. An solchen Tagen mußte er ihm auch oft aus der Bibel vorlesen, und meist Stellen, die von der Seligkeit des Himmels handelten. Tiefbewegt hatte der Kranke einst zugehört, dann sprach er:

„Du guter Kamerad hast mir so freimütig alle deine Schicksale erzählt und mich so tief in dein liebreiches Herz blicken lassen. Da wird es Zeit, daß ich auch offen gegen dich bin. Ich weiß, du kannst nicht begreifen, daß ich auf Erden nichts mehr hoffe, und mich, o wie sehr! nach dem Himmel sehne. Aber denke nicht, daß mein armes, schwaches Herz so ganz allein am Heiland hängt. Wohl glaube ich aufrichtig an ihn und sehne mich nach ihm von ganzem Herzen. Aber wenn ich mir ihn vorstelle, zur Rechten Gottes sitzend in seiner Herrlichkeit, dann sieht mein geistiges Auge unter den Seligen, die seinen Thron umgeben, eine zarte verklärte, ach so unendlich geliebte Gestalt, in deren Lobgesang ich so gern noch heute einstimmen möchte."

„Ist's etwa ein liebes frühverstorbenes Schwesterlein?" fragte Friedel leise.

„Nein, o nein; es ist Luise, meine teure, holde Braut!" Er verbarg das Antlitz ins Kissen und schwieg lange. Dann fuhr er ruhiger fort: „Meine Trauer um sie ist selbstsüchtig. Ihr ist wohl geschehen; denn o, wie würde sie sich grämen, wenn sie leben müßte, hoffnungslos getrennt von mir! Ach, wir liebten uns so sehr! Bald sollte Hochzeit sein. Ich sollte dem alternden Vater im Amte helfen, begleitete aber erst einen Freund auf einer Reise und fiel auf dem Heimweg in die Hände der Werber. Ach, man hatte mich gewarnt! Auch wäre ich wohl alt genug gewesen, um vorsichtig zu sein; aber träumerisches, unpraktisches Wesen hing mir von klein auf an."

„Wie kam es, daß sie so bald sterben mußte?" fragte Friedel mitleidig.

„Sie war von zarter Gesundheit und hatte eben ein Fieber überstanden, als sie durch unvorsichtiges Geschwätz einer Magd plötzlich und unvorbereitet mein Unglück erfuhr. Sie sank in tiefe Ohnmacht; ein Rückfall trat ein, und nach wenigen Tagen brach das treue Herz. Verstehst du nun, warum ich kein irdisches Glück mehr hoffe?"

Statt aller Antwort schlang Friedel weinend die Arme um den Hals des Freundes und küßte ihn; von da waren sie erst recht wie Brüder.

Gute und böse Zeit eilt schnell dahin, als flögen wir davon. So waren auch zwei Jahre vergangen in einer Lebensweise, die dem freien Wanderburschen erst ganz unerträglich geschienen. Er war nun fertig und geschickt in allem, was ein guter Soldat leisten muß. Man mißhandelte ihn nicht mehr; ja, seine und des Freundes Lage hate sich sogar etwas verbessert. Ein wohlmeinender Offizier, von guter Bildung und feinen Sitten, wie es deren immer eine Anzahl gab, war an die Spitze der Truppe getreten, der die Freunde angehörten, und hatte bald erkannt, daß sie besserer Art waren als ihre Genossen. Er brauchte sie zu allerlei Arbeiten und Dienstleistungen, gewährte ihnen eine kleine Zulage zum geringen Sold und stellte sie beim Exerzieren nebeneinander. Das letztere war beiden am wertvollsten. „Wenn's einmal in den Krieg geht", sagte Johannes, „marschieren wir zusammen; und wenn ich falle, rufst du mir ein Abschiedswort zu!"

Nun, für jetzt war eben erst ein Krieg beendet, den man den ersten Schlesischen nennt. Siegreich kehrte der junge König in seine Hauptstadt zurück, und nun sollte ihn Friedel endlich zu sehen bekommen.

Wie eine Mauer stand das ganze Regiment auf dem Paradeplatz; die beiden Freunde in der vordersten Reihe. Langsam ritt, von einigen Offizieren umgeben, ein kleiner Mann die Front entlang. Gerade da, wo Johannes und Friedel standen, hielt er ein wenig inne, so daß sie ihn genau betrachten konnten. Freilich sah er ganz anders aus, als der Salzburger sich einen König vorgestellt; er trug weder Purpurmantel noch Goldkrone, sondern den schlichten blauen Soldatenrock. Johannes aber sagte später dem Freunde, ein großer Geist spreche aus diesen klaren, tiefen Augen, diesem charaktervollen Mund und der hohen gedankenreichen Stirn.

Bald merkte man die Wahrheit dieser Rede; denn der König begann tatkräftig und unermüdlich für das Wohl seiner Untertanen, auch für die Hebung des Offiziersstandes zu sorgen. Er erschien nicht selten selbst auf den Übungsplätzen, redete einzelne Soldaten an, nicht mit „Kerl" oder irgendeinem Schimpfwort, sondern mit dem freundlichen „Mein Sohn". Soweit sein Auge reichte, wurden die groben Mißhandlungen viel seltener. Daß die Zucht hart und streng und die Strafen grausam blieben, lag im Geiste der Zeit.

Aber kaum zwei Jahre lang konnte der große König in Frieden für sein Volk sorgen, dann mußte er schon wieder zu den Waffen greifen, um sich das erkämpfte Land Schlesien, das sich unter seiner Herrschaft sehr wohl befand, zu sichern. Gar zu gern hätten es ihm die Österreicher wieder weggenommen. Schon rüsteten sie gegen ihn mit ihren Bundesgenossen. Da beschloß er, ihnen zuvorzukommen. Diesmal sollte auch Friedels Regiment mit in den Kampf ziehen. Gar gewaltig ward nun geübt und vorbereitet; in den seltenen Ruhestunden aber saß der Jüngling mit heißen Wangen und glänzenden Augen über dem wunderbaren Landkartenbuch, um sich die Lage der einzelnen deutschen Länder fest einzuprägen.

Als die Freunde eines Abends allein beisammen waren, fragte Friedel:

„Sag' mir doch, Johannes: Wenn ich nun hier in Salzburg wäre, da, wo ich mit dem Finger hinzeige, wie müßte ich's denn machen, um ans Meer zu kommen?"

„An welches denn? Ich lehrte dich viele Meere kennen."

„Ei, ans Atlantische! Du sagtest ja, da gehe der Weg nach Amerika."

„Was fällt dir ein? Du mußt ja in den Krieg!"

„Sag' mir's immerhin; zeig' mir's ganz genau!"

Johannes zögerte und sah dem Freunde forschend in die Augen. Feste Entschlossenheit sprach aus ihnen. Friedel war ein Mann geworden in diesen letzten Jahren. Wer weiß, ob ihm Gott nicht den kühnen Plan gelingen lassen würde!

„Nun wohl!" sprach er. „Am sichersten wäre es, du reistest durch die Gebirgsländer bis Basel. Sieh, hier ist es! Von dort könntest du wohl als Schiffsknecht den ganzen Rhein herunterfahren bis nach Rotterdam. Dann über die Nordsee bis nach England. So sind auch deine Glaubensgenossen damals gereist."

„Und du willst nicht mit?"

„Wer weiß, wie bald uns beide die tödliche Kugel trifft!"

Unzähligemal machte Friedels Finger die große, gefährliche Fahrt bis über den Ozean nach dem Staate Georgia. Oh, er war erstaunlich klug geworden in diesen schweren Jahren! Wie würde sich Ännchen darüber verwundern! Schade, daß er auf den schönen langen Brief, den er geschrieben, gar keine Antwort erhalten hatte. Ännchen allein brachte ja keinen Brief fertig. Und der Franzl? Ach, der verachtete ihn vielleicht, weil er Soldat war! Ein wenig stolz war er ja immer gewesen.

Endlich hieß es: „Hinaus ins Feld!" Schwerbepackt mit Tornister, Waffen und allerlei Gerät ging's in strengen Märschen durch Preußen und Sachsen nach Böhmen zu. Wer gesund und stark war, hatte gutes Leben; denn in Dorf und Stadt mußte am Rasttag oder beim Nachtquartier aufgetragen werden, was Küche und Keller nur vermochten. Dazu kam, daß die Offiziere jetzt weit weniger grimmig waren. Das Beispiel des Königs und seiner Generäle hatte schon gut gewirkt, und durch gemeinschaftlich getragene Beschwerden verbinden sich die Herzen. Endlich überschritt das Heer die böhmische Grenze und drang weiter und weiter vor. Zu einer offenen Feldschlacht mit den Österreichern kam es nicht, nur zu kleineren Gefechten.

O wie graute es den Freunden vor dem Kampfgewühl! Wie entsetzlich war besonders für den sanften Johannes der Gedanke, daß die Kugel, die er abschoß, vielleicht ein junges Leben vernichten werde! Bald aber mußten sie sich daran gewöhnen. Setzten sie doch auch täglich ihr Leben ein.

Schnell ward die Stadt Prag erreicht und belagert. Auf dem ganzen Zuge waren die Freunde Seite an Seite marschiert; oft hatte Friedel noch ein Gepäckstück für Johannes getragen, den die Anstrengungen weit mehr ermüdeten als ihn. Lagerte man im Freien, so ruhten sie dicht beisammen, beteten oft miteinander und befahlen ihre Seelen in Gottes Hand. Prag übergab sich den Preußen nach kurzer Beschießung; dann ging es weiter nach Süden, den Fluß Moldau entlang.

Kleine Gefechte, Krankheit und auch Fahnenflucht lichteten die Reihen des Heeres. Bei Nachtmärschen, in Wäldern oder Gebirgsgegenden entwich mancher unbemerkt auf Nimmerwiedersehen. Auch Friedel hatte es schon oft in den Füßen gezuckt, sich still davon zu machen; nur die Liebe zu Johannes hielt ihn davon ab. Hatte man im Anfang des Feldzuges Speise und Trank in Fülle gehabt, so fehlte es jetzt oft sehr daran. Die Böhmen waren von grimmigem Haß gegen die preußischen „Ketzer“ erfüllt, versteckten das Korn vor ihnen und trieben das Vieh in die dichten Wälder. Da gab's oft schmale Bissen, und Johannes würde es kaum ausgehalten haben, wenn der kerngesunde Freund ihm nicht oft die Hälfte seines Anteils aufgezwungen hätte. Der König fühlte wohl, daß es hier keinen andern Ausweg gab als einen ehrenvollen Rückzug.

„O weh“, dachte Friedel, als er davon hörte, „nun geht's wieder nordwärts!“ Ehe aber noch der Befehl dazu gegeben wurde, sah sich die Truppe, in der die Freunde standen, plötzlich einer Schar von Feinden gegenüber. Es entspann sich ein kurzer, aber heftiger Kampf. Bald zogen sich die Österreicher zurück; Friedel aber kniete bei seinem Johannes, dem eine Kugel die Brust durchbohrt hatte. Noch atmete er; ein seliges Lächeln schwebte auf den erbleichenden Lippen. Schluchzend küßte Friedel die hohe, kalte Stirn und rief ihm zu: „Leb' wohl, Herzensfreund! Gott vergelte dir deine Liebe und Treue!“ Dann war es vorüber. Seine Sehnsucht war erfüllt; er stand anbetend vor Gottes Thron mit seiner Luise!

Nun war das einzige Band zerrissen, das den Jüngling an das Heer geknüpft. Was ging ihn der König und seine Kriege an? War er doch kein Preuße! Aber für jetzt lähmte die Trauer um Johannes seine Kraft; auch war die Gegend der Flucht nicht günstig.

Einige Tage später marschierte sein Regiment in der Abenddämmerung am Waldesrand. Die Ordnung konnte nicht streng aufrechtgehalten werden; matt und hungrig blieben viele zurück, auch Kranke und Verwundete gab es genug. Friedel befand sich bei der Nachhut. Da fielen plötzlich Schüsse aus dem Waldesdunkel; bewaffnete Bauern hatten sich darin versteckt. Mehr als ein Kriegsmann lag schwer getroffen am Boden; auch Friedel fühlte einen heftigen Stoß gegen die Brust und stürzte betäubt ins hohe Waldgras. Als er erwachte, war's finstere Nacht. War er wohl verwundet? Schmerzen hatte er nicht, fühlte auch kein Blut; nur waren die Glieder steif von dem kalten, feuchten Lager. Als alles totenstill blieb, erhob er sich und merkte, daß er ganz allein war. Im Brotbeutel fand sich zum Glück noch eine harte Rinde, die ihm den nagenden Hunger stillte, und bald dämmerte der Morgen. Im matten Lichtschimmer sah er hie und da einen Kameraden tot liegen. Ihn selbst hatte Gottes Hand wunderbar bewahrt. Vorn im Waffenrock war ein rundes Loch; und als er ihn öffnete, sah er, daß das kleine uralte Gesangbüchlein des Großvaters, das er erst am Abend in den Busen gesteckt, weil's im Tornister keinen Raum fand, ihn vom sicheren Tode gerettet hatte. Eine Kugel hatte den dicken Ledereinband durchbohrt, war aber in den Blättern stecken geblieben. Auf den Knien dankte er Gott für sein junges Leben, das ihm doch noch so lieb und kostbar war. In demselben Augenblick erhob sich die Sonne am östlichen Himmel.

Nun galt's keine Zeit zu verlieren. Seinen Fluchtplan hatte er schon längst im Kopfe. Er wußte, daß er, wenn es ihm gelang, das im Westen sich hinstreckende Gebirge zu übersteigen, die bayrische Grenze und die Stadt Passau leicht erreichen konnte. Johannes hatte es auch gesagt. Aber wehe ihm, wenn er sich in preußischer Uniform allein durch böhmische Dörfer wagen würde! Als er nun tiefer in den Wald drang, um seinen Durst an den reichlich wachsenden Brombeeren zu stillen, lag da vor seinen Füßen der tote Körper eines der tückischen Bauern, die gestern abend aus dem Hinterhalt geschossen hatten. Eine preußische Kugel hatte ihm die Stirn zerschmettert; die grobe Kleidung war unversehrt, auch nirgends mit Blut befleckt. Ein grausig Geschäft war's für den guten Jungen, den starren Leichnam auszuziehen und sich selbst den groben Kittel, die Lederhosen und plumpen Schuhe anzulegen. Er tat's mit zitternden Händen; aber es mußte ja sein! Im Hosensack fand sich ein Beutelchen mit etwas Geld; viel war's nicht, aber doch ein Schatz für den Einsamen. Fast noch lieber war ihm ein dickes Stück Schwarzbrot, das im Kittel stak. Den Zopf schnitt er sich mit einem Messer ab; wirr und struppig war das Haar schon von selbst. Nun verbarg er Uniform und Waffen in dichtem Gestrüpp; nur das Gesangbuch, das Tüchlein und den Ring für Ännchen und seinen hölzernen Becher nahm er mit. Blindlings, ohne Weg und Steg, drang er in den Wald hinein, immer bergauf, ohne einem Menschen zu begegnen. Mit dem kostbaren Brot ging er sparsam um; gab's doch im Walde so manches, das den Hunger stillte, besonders jetzt in der Herbstzeit. Beeren, Nüsse und Pilze genug, auch eßbare Wurzeln, die ihn Tobi vor Jahren kennen gelehrt.

Gegen Abend stand er auf freier Bergeshöhe, nachdem er den ganzen Tag keinem Menschen begegnet. Es war ein schwach bevölkerter Landstrich; dichter Wald ringsum, nur in der Ferne hie und da ein Dörfchen oder vereinzelte Höfe. Trotz der Trauer um den Freund, trotz der ungewissen Zukunft schwoll dem Jüngling das Herz vor Freude und Hoffnung. Er breitete die Arme aus, als wolle er die ganze Welt umfassen, tat einen gewaltigen Luftsprung und rief: „Gottlob! Ich bin frei! frei! frei!"

8. Die alte Heimat

Es war ein rauher, stürmischer Herbstabend. Wild flogen die schwarzen Wolken über den Himmel und sandten eiskalten, mit Schneeflocken vermischten Regen auf die Erde nieder. In den Gassen der Stadt Passau war's still und öde; wer nicht hinaus mußte, blieb heute gewiß im traulichen Stübchen. Auch der gute alte Pfarrer, der dem Friedel vor sechs Jahren so freundlich geraten und geholfen, saß in der warmen Ecke hinter dem Kachelofen, behaglich sein Pfeifchen rauchend. Das dicke Buch, in dem er gelesen, hatte er weggelegt und plauderte mit seiner spinnenden Frau. Da trat die junge Magd herein und sprach ängstlich:

„Herr Pfarrer, draußen steht ein wüster Gesell, arg zerrissen, bleich, mit funkelnden Augen und wirrem Haar. Ich reichte ihm ein Stück Brot; da sagte er, er sei krank und möge nicht essen. Aber mit Euch müsse er sprechen; sonst ginge es schlimm!"

„Der arme Mensch! Bei diesem Wetter draußen und noch krank dazu!" erwiderte der gute Mann. „Bring' ihn nur gleich herein."

Zögernd gehorchte die Magd; blieb aber dicht vor der Tür stehen, um gleich beispringen zu können, falls der wilde Gesell Böses im Schilde führte gegen ihre liebe alte Herrschaft. Der aber blieb auf der Schwelle stehen, um den sauberen Fußboden nicht zu beschmutzen, und begann mit matter, heiserer Stimme: „Herr Pfarrer, gelt, Ihr kennt mich nimmer? Ach, vor sechs Jahren sah ich wohl schmucker aus! Ich bin ja der Salzburger, dem Ihr damals so freundlich beistandet. Ach, ich möcht' heim und kann doch nicht! Geschafft hab' ich wacker, wo ich konnte; aber 's geht nicht mehr. Mir ist so angst; ich bin voller Schmerzen. Ach, laßt mich nicht auf der Straße sterben!"

Er schlug die Hände zusammen, wankte und wäre umgesunken, hätten ihn die beiden Alten nicht gestützt und mit Mühe auf das buntgeblümte Ruhebett niedergelegt.

Bald darauf trat heftiges Fieber ein. Er meinte, ein Werber verfolge ihn, und war kaum auf dem Lager zu halten; dann weinte er wieder um einen gefallenen Freund und um ein Ännchen und bat endlich mit wehmütiger Stimme, man sollte ihn im Walde beim Großvater begraben. Es wurde eine schwere, lange Krankheit, die sich der Jüngling wohl durch häufiges Übernachten im Freien, durch allzu anstrengende Märsche bei schmaler Kost und hoher Gemütsaufregung zugezogen hatte.

Als endlich seine starke Natur mit Gottes Hilfe die Krankheit überwand und ihm die Kräfte langsam wiederkehrten, war der Winter mit voller Gewalt eingezogen, und an Weiterwandern nicht zu denken. Sollte er wohl nun an Ännchen schreiben? Nein, doch nicht! Leicht konnte der Brief in fremde Hände kommen. Wer weiß, ob Franzl noch lebte! War er doch schon vor sechs Jahren ein recht alter Mann gewesen. Ob Ännchen und Tobi dann noch auf dem Hofe sein würden, war sehr zweifelhaft. Vielleicht hatte ihnen Peter schon längst den Weg gewiesen!

Gern blieb der Genesende einige Monate lang bei seinen barmherzigen Pflegern, deren stiller, netter Haushalt ihm nach der wüsten Soldatenwirtschaft wie ein Paradies erschien. Allerlei Handarbeit, durch die er einige Groschen verdienen konnte, fand sich bald. Daneben tat er seinen Wirten zulieb und zu Dienst, was nur ein guter Sohn den Eltern tun konnte. Seine Vergangenheit und seine Zukunftspläne legte er ihnen offen dar und war herzlich froh, daß der Pfarrer gegen das Auswandern nichts einzuwenden hatte.

Die Zahl derer, die übers Meer zogen, um der Tyrannei der Edelleute, der List der Werber und der allgemeinen Volksnot zu entfliehen, war zu jener Zeit sehr groß. Es waren nicht die schlechtesten Leute, die die Gefahren einer solchen Reise und die Mühseligkeiten des neuen Anbaues nicht scheuten, um nur freie Männer zu werden und das Stückchen Land unter ihren Füßen ihr Eigentum nennen zu dürfen.

Mit gutem Rat und reichlicher Reisekost versehen, schied der Wanderer endlich von den Pfarrersleuten, ihnen tausendmal Gottes Segen wünschend. Wüst, elend und zerrissen hatte er die Stadt betreten; schmuck und sauber verließ er sie im redlich erworbenen neuen Anzug, ein leichtes Bündel auf dem Rücken mit mancher Gabe aus dem Leinenschrank der Pfarrerin.

Das Land lachte in Frühlingspracht wie vor sechs Jahren, als er mit Joseph ausgezogen; er selbst aber war anders geworden, und der frische, leichte Mut wollte nicht wiederkehren. Einsam zog er seine Straße, wich jedem aus und suchte in der Nachtherberge schnell sein Lager auf, ohne sich in die lustige Gesellschaft in der Wirtsstube zu mischen. Ach, auch in Bayern gab es ja Werber, wenn sie auch nicht ganz so frech waren wie die preußischen. In jedem stattlichen Manne, der ihn etwa anredete, vermutete er einen solchen, und machte oft weite Umwege, um ihm ja nicht wieder zu begegnen.

In den heimatlichen Bergen fühlte er sich ein wenig sicherer; sie umstanden ihn wie eine Schutzmauer und grüßten ihn wie alte Jugendfreunde. Aber nun überfiel ihn die Angst, ob und wie er wohl Ännchen wiederfinden werde. Sie war ein so liebliches Kind gewesen, als er sie verließ; wie schön mochte sie nun geworden sein! Andere würden das auch gesehen haben! Dieser Gedanke fuhr ihm oft wie ein Stich durchs Herz.

In tiefes Sinnen versunken, wanderte er eines Tages über eine Hochebene und war seines Weges nicht ganz sicher. Die Gegend war ihm unbekannt, und doch konnte es nicht mehr weit sein zum Steinhof. Er mußte wohl einen falschen Fußpfad eingeschlagen haben und sah in der Ferne ein Dörfchen liegen. Er schritt darauf zu und fragte am Wege spielende Kinder nach seinem Namen. „Windeck heißt's", war die Antwort. „Windeck!" Das war der Name, den ihm Tobi gesagt beim letzten Abschied von der Talmühle! Dort drüben lag wohl die wüste, mit Felsbrocken besäte Fläche, die er vom steilen Seeufer aus gesehen. Ja, jetzt entdeckte er auch das einsame, von Bäumen umgebene Haus, nach dem seine scharfen Kinderaugen oft sehnsüchtig hinübergeschaut. Schnell war sein Entschluß gefaßt. Nicht den Steinhof wollte er zuerst aufsuchen, sondern die verfallene Mühle, an die sich so reiche Erinnerungen knüpften.

Viel weiter und beschwerlicher war der Weg, als er geglaubt. Ja, es war gar kein Weg, sondern eine wilde, ganz verlassene Einöde, an die sich wahrscheinlich allerlei Aberglaube knüpfte. Aber endlich stand er doch am Ufer des Bergsees und stieg mit leichter Mühe herab. Das Wasser stand so hoch, daß nur ein ganz schmaler Streifen sandigen Ufers an der Felswand hinführte, und die Wellen ihm oft die Füße netzten, ehe er die rechte Stelle erreichte und mühsam emporklomm.

War's nicht, als lege sich ihm eine schwere Hand auf die Schulter wie ehemals? Stand nicht des Talmüllers hohe Gestalt hinter ihm? Ach nein; nur in Gedanken durchlebte er alles noch einmal! Ringsum war's totenstill. Die Sonne war nahe am Untergehen; er mußte sich aufraffen aus den Jugendträumen, um vor völligem Dunkelwerden die Mühle zu erreichen. Dort wollte er einsam übernachten im Schutz der verfallenen Mauern und am andern Morgen durch den Felsengang den Steinhof aufsuchen.

Langsam schritt er durch den duftigen Frühlingswald. Die Pfade, die seine und Ännchens kleine Füße ehemals getreten, waren längst überwachsen; alles ringsum zeugte von völliger Verlassenheit. Hier am Bächlein unter den

Birken war Ännchens Lieblingsplatz gewesen; dort auf jenem bemoosten Felsblock hatte sie Kränze gewunden und ihm staunend zugehört, wenn er kühne Zukunftspläne entwarf. Was war aus ihnen geworden? Ach, kam er nicht ärmer zurück, als er gegangen? Würden sie ihn nicht verachten auf dem Steinhofe, wo Geld und Gut so viel galt? „Mögen sie", dachte er. „Ein treues Herz bring' ich mit und ungebrochenen Mut. Gott ist reich, stark und barmherzig; er wird uns wohl ins Land der Freiheit führen!"

Nun mußte das alte, traute und doch etwas märchenhafte Heim ganz nahe sein. Unwillkürlich trat er leise auf und bog geräuschlos die Zweige auseinander, die überall den Zugang versperrten. Jetzt trat er auf den freien Platz, der nun hie und da mit Gestrüpp bewachsen war. Dort stand die verfallene Mühle; es war noch hell genug, sie zu erkennen. Eine seltsame Scheu hielt den Jüngling ab, näher zu treten; er setzte sich auf einen Stein, wo er ehemals oft lesend oder träumend gesessen. Wie still war alles, wie öde! Nur über ihm in den Zweigen sang eine Nachtigall ihr schwermütig Lied. Wie, wenn Ännchen tot wäre, und man sie bei der Mutter begraben hätte? Wo kam ihm der Gedanke her, der ihm brennende Tränen aus den Augen trieb? Was war das für ein Glanz? Licht in der Mühle? O nein! Der Mond ging auf und goß milden Schein über das düstere Gemäuer aus. Den Kopf in die Hand gestützt, saß der Jüngling; aus seinem Herzen stieg ein inniges Gebet zu Gott empor für das Mägdlein, das er so innig liebte.

Aber jetzt fuhr er auf! Kalter Schauer durchrieselte ihn. In der tiefen Einsamkeit vernahm er plötzlich süßen Gesang! Erst waren's ferne, leise Töne, dann ward's lauter, und er vernahm aus den öden Mauern die Worte eines Liedes, das er von klein auf gekannt und geliebt:

„Keine Schönheit hat die Welt,
Die mir nicht vor Augen stellt
Meinen schönsten Jesum Christ,
Der der Schönheit Ursprung ist.

Oft gedenk' ich an dein Licht,
Wenn der frühe Tag anbricht.
Ach, was ist für Herrlichkeit
In dem Licht der Ewigkeit!

Seh' ich dann den Mondenschein
Und des Himmels Äugelein,
So gedenk ich: Der dies macht,
Hat viel tausend schön're Pracht.

Lieblich singt die Nachtigall;
Süß erklingt der Flöten Schall.
Aber über allen Ton
Ist das Wort: ‚Mariensohn!' "

Friedels Angst war bald geschwunden. Ja, es beschlich ihn eine süße, wunderbare Ahnung, die ihn trieb, in die letzte Strophe mit hellem Ton einzustimmen.

Aber horch! Welch schreckliches, unheimliches Brummen tönte jetzt aus dem alten Gemäuer? In tollen, seltsamen Sprüngen kam eine kleine vermummte Gestalt drohend auf den Jüngling zu. Der aber war aufgestanden und erwartete ruhig die geheimnisvolle Erscheinung.

„Tobi, alter guter Tobi!" rief er. „Laß doch die Mummerei! Kennst du mich denn nicht mehr?"

Da stand die dunkle Gestalt still, ein paar scharfe Augen blickten aus dem Bärenfell dem Gaste ins lächelnde Antlitz. Plötzlich aber ward die Verhüllung abgeworfen, und mit dem Rufe: „Er ist's, der Totgeglaubte!" hing der treue Knecht an Friedels Halse.

Herzlich erwiderte dieser die Liebkosung, machte sich

jedoch bald los und blickte unverwandt nach dem Hause hinüber. Siehe, da fiel das Silberlicht des Mondes auf die niedere Türöffnung und bestrahlte die schlanke jungfräuliche Gestalt, die ganz still auf den verfallenen Stufen stand! In leichten Wellen umfloß das goldene Haar ihre Schultern; das schlichte Gewand von groben Linnen glänzte im Mondschein wie weiße Seide.

Eine Weile stand Friedel ins Anschauen versunken. Die Überraschung, das Glück war allzu groß! Dann flog er mit ausgebreiteten Armen auf die liebliche Erscheinung zu und drückte sie mit Freudentränen ans treue Herz.

„Du bist mein!“ flüsterte er. „Die Mutter gab dich mir, ehe sie starb! Ihr Segen ruht auf uns!“

„Ja, dein bin ich!“ erwiderte sie leise. „Ich wußte, daß du kommen würdest. Alle hielten dich für tot; mir sagte mein Herz, daß du lebtest. O, schütze mich, Geliebter, rette mich!“

„Droht dir Gefahr?“ fragte Friedel erschrocken.

„Hier nicht; hier bin ich sicher. Tobi wird dir alles erzählen. O Gott, wie gnädig bist du, daß du mir den Treuen sandtest, nun, da ich ganz heimatlos bin! Dir wollen wir dienen, dir wollen wir danken unser Leben lang!“

Nun trat auch Tobi hinzu, und sie führten den Gast in die verödete Stube, die jedoch sauber und rein war. Schnell ward auf dem Herd ein helles Feuer entzündet und der Suppenkessel darüber gehängt. Auf zwei Schemeln und einem alten Kasten saßen die drei um die Flamme und sprachen gar wenig. Die Freude des Wiedersehns war allzu groß!

Der Wanderer nahm ein sorgfältig eingehülltes Päckchen aus der Brusttasche, das den Ring und das verblichene Seidentüchlein enthielt, das er am ersten Tage seiner Wanderschaft gekauft. „Meine Treue wankt nie!“ sprach er leise, während er den Ring an Ännchens Finger steckte und das Tüchlein um ihren Hals schlang. „Aber wenn meine Hoffnung wanken wollte, blickte ich diese Gaben an. Ich wußte, daß ich sie dir bringen würde!“

Daß eine schwere Gefahr diese beiden in diesen Zufluchtsort getrieben hatte, merkte Friedel gar wohl. Oft hielt sich Ännchen wie hilfesuchend an seinen Arm, und ihre schönen Augen blickten angstvoll ins Weite.

Als aber die Abendsuppe fertig war, und die beiden jungen Leute zusammen aus dem Kessel aßen, während Tobi in Ermangelung eines dritten Löffels aus einem hölzernen Schüsselchen trank und große Stücke Schwarzbrot dazu verzehrte, ward die Stimmung etwas freier, und die Zungen lösten sich allmählich.

Nur in kurzen Zügen berichtete Friedel für heute seine Schicksale und fragte dringend, warum man seinen langen Brief ohne Antwort gelassen. Ach, er war nie in die Hände der Freunde gekommen! Die Nachricht aus der sächsischen Mühle war das Letzte gewesen, das man von ihm erhielt. Die Post war ja zu jener Zeit keineswegs so sicher wie in unsern Tagen. Manche Postkutsche ward von Wegelagerer überfallen und ausgeraubt; manche stürzte auf den bodenlosen Straßen um, so daß der Inhalt durch Wasser oder Kot schwer beschädigt wurde.

Als nun ein Jahr ums andere verflossen war, ohne Kunde von dem Wanderer zu bringen, hatten ihn die wohlgesinnten Bewohner des Steinhofs für tot gehalten. Peter aber hatte gemeint, es werde ihm wohl draußen so gut gehen, daß er der alten Freunde nimmer gedenke. Es gäbe noch mehr hübsche Mägdelein in der Welt als die verlassene Waisendirne. Solche Worte schnitten zwar Ännchen bitter ins Herz, aber Glauben schenkte sie ihnen keinen Augenblick. Nach und nach erst war sie sich ihrer innigen Liebe zu dem Verschollenen recht bewußt geworden. Nun aber hoffte sie zuversichtlich auf seine Rückkehr und saß am Feierabend gar oft auf der Felsplatte, um nach ihm auszuschauen. Endlich mußte er kommen, das sagte ihr eine innere Stimme, die nicht trügen konnte.

Unter solchen Gesprächen war es spät geworden. Die drei Einsamen beteten laut miteinander den Psalm vom guten Hirten, der auch im finsteren Tale bei ihnen war, und suchten ihr Lager auf. Für Tobi und Friedel lag eine Schicht Heu in der Ecke der Stube; Ännchen hatte im Kämmerlein eine etwas bessere Ruhestätte. Trotz der hohen Erregung seines Gemütes sank der Jüngling fast augenblicklich in festen Schlaf, und liebliche Träume umspielten sein dürftiges Lager.

Am nächsten Morgen aber war er zeitig munter und schlüpfte geräuschlos hinaus zu Tobi, der eben eine schöne weiße Ziege molk. Am klaren, sprudelnden Mühlbach wuschen sie sich und gingen dann in taufrischer Morgenluft unter den Bäumen auf und nieder. Tobi konnte sich nicht satt sehen an der hohen, stattlichen Gestalt seines Schützlings, der schweigsam und nachdenklich neben ihm her schritt.

„Darfst du mir nun sagen, warum du mit dem holden Kinde in dieser Einsamkeit hausest?“ fragte er endlich.

„Gewiß! Viel, viel hat sich auf dem Steinhof verändert; aber dieses sollst du zuerst erfahren. Daß du kein Wort davon zu Ännchen reden darfst, wird dir dein eigen Herz sagen. Du siehst ja, wie lieblich sie ist. Ach, andere sahen es auch, aber mit bösen, lüsternen Blicken! Auf dem Schlößlein oben am Ausgang des Tales geht's jetzt lebhaft zu. Der alte Edelmann hat es seinem Sohne geschenkt, und der hält Hof in Saus und Braus, säuft sich voll mit wilden Gefährten, schindet die Bauern, zertrampelt die Saat mit Rossen und Jagdhunden, und was so edle Veranstaltungen mehr sind. Wirst's ja draußen in der Welt gesehen haben, wie's die Junker treiben! Ännchen ging selten mit aufs Feld; ja, sie verließ in letzter Zeit kaum das Haus, weil sie den Franzl pflegte, der schon lange schwach und elend zu Bett liegt. Es ist etwa zehn Tage her, da klagte er über heftige Schmerzen in den Gliedern, und das Kind lief eilend auf die Wiesen, um heilsame Kräuter zu lindernden Umschlägen zu suchen. Wie sie nun gebückt am Waldesrand hingeht und emsig in die Schürze sammelt, steht plötzlich der Junker vor ihr. Ein schöner Bursch ist er und aufgeputzt mit Samt und Seide, daß es eine Art hat. Was er zu ihr gesagt hat, weiß kein Mensch; sie brach in Tränen aus, als wir sie danach fragten. Den Arm wollte er um sie schlingen; da flog sie davon wie ein Reh und fiel ohnmächtig nieder, als sie den Hof erreichte. Aber sie war auch dort nicht sicher! Zum Glück saß sie im Auszugstübel beim Alten, als am zweiten Tage der wüste Junker auf den Hof kam und fragte, wo die nette Dirn sei, die letzthin Kräuter gesucht. Er wolle sie haben in die Schloßküche."

„Wo ist der Bösewicht?" rief Friedel ganz außer sich. „Zerdrücken will ich ihn wie einen Wurm!"

„Sei kein Tor!" mahnte Tobi. „‚Die Rache ist mein, ich will vergelten!' spricht der Herr. — Gut war's, daß Albrecht, der brave älteste Sohn des Franzl, allein auf dem Hofe war, und nicht etwa der mißgünstige Peter, der das arme Kind schon lange scheel ansieht. ‚Sie war aus dem Niederland, wo wir Freundschaft haben', erwiderte Albrecht; ‚ist aber gestern in aller Frühe abgereist. Es gefiel ihr nimmer hier.' Der schlechte Mensch sah ihn mit bösem Blicke an, als glaube er ihm nicht recht, und ging mit drohender Gebärde von dannen. Nun riet der Franzl, ich solle mit dem Kinde auf eine Zeitlang weiter hinauf ins Gebirge ziehen; einen guten Zehrpfennig wolle er uns mitgeben, und Arbeit und Obdach würden wir bald finden. Ännchen sei ja so wunderklug und geschickt zu jedem Geschäft. Hierbleiben dürfe es für jetzt nicht. Da hat es aber gebeten und gefleht, man solle es nur noch zehn

Tage lang hier in der alten Mühle auf dich warten lassen; du würdest nun ganz gewiß kommen. Niemand hat's geglaubt, auch ich nicht; aber Franzl sprach: ‚Tu ihr den Willen! Gott kann wohl ihre Zuversicht lohnen.' Und so ist's geschehen! 's ist heute just der zehnte Tag, seit ich mit ihr, der Ziege und einem Sack voll Mundvorrat hierher kam durch den Felsengang. Der ist nicht mehr so sicher und bequem; allerlei Steingeröll hat sich abgelöst und versperrt oft den Weg fast ganz. Vor dem Ausgang auf den Hof haben wir, bald nachdem du fort warst, Fliederbüsche angepflanzt, die ihn jetzt verbergen. In den ganzen sechs Jahren ist niemand durchgegangen als ich von Zeit zu Zeit. Ich wollte hier nicht alles verwildern lassen. Und wenn's Streit und Zank gab auf dem Hofe, bin ich manches Mal hierher entwichen, um Ruhe zu haben."

„Streit und Zank?" fragte Friedel. „Das gab's sonst nicht."

„Aber jetzt! Dein Buch hat's gemacht! Wirst's merken, wenn du hinkommst."

„Gott geb' nur, daß mir der Junker nicht begegnet! Oh, wenn ich ihn hier unter der Faust hätte!"

„Sei ruhig! Sieh, dort steht Ännchen an der Tür und winkt uns zur Morgensuppe."

Ja, Friedel hatte draußen in der Welt genug gehört von dem gottlosen Tun und Treiben der Junker, um zu wissen, daß er sein Ännchen sobald als möglich fortführen müsse. Wie sollte er's machen, da er ja blutarm war? Nun, der Franzl war ein kluger Mann, der würde ihm das Beste raten. Als die drei zusammen die lieben Gräber besucht hatten, machte er sich allein auf den beschwerlichen Weg durch den Felsengang.

Groß war das Erstaunen der Leute auf dem Steinhofe, als der Verschollene frisch und munter vor ihnen stand.

Man hatte ihn längst für tot gehalten. Von Albrechts Familie ward er aufs freundlichste empfangen, während ihn Peter mit unverhohlenem Widerwillen ansah. Es konnte nicht lange verborgen bleiben, daß er ebenso arm heimgekehrt sei, als er gegangen war, und Peter fragte mit spöttischem Lachen:

„Wo steht denn nun die prächtige Mühle, wohin du die Betteldirne führen willst? Wohl im Schlaraffenland, wo's Semmeln schneit und Würste regnet? In des Edelmanns Küche hätte sie's vielleicht besser bekommen."

Blutrot im Gesicht sprang Friedel empor und ballte die kräftige Faust; aber Albrecht hielt ihn fest und warnte: „Kein Kampf in unsers Vaters Haus! Höre nicht auf ihn. Komm zum Vater; da ist Friede!"

Im Auszugstübchen, in demselben Bett, wo Ännchens Mutter selig gestorben, lag der ehemals so starke, tatkräftige Mann hilflos wie ein Kind. Die Beine waren durch die Gicht gelähmt, die Hände schwach und zitternd; nur der Geist war noch frisch und ungeschwächt. Lang und silberweiß umgaben Haar und Bart das abgemagerte, friedvolle Antlitz des Greises. Der selbstbewußte, etwas strenge Ausdruck war ganz daraus gewichen.

Sein Staunen über Friedels plötzliche Ankunft war nicht so groß, wie man gedacht hatte; eine innere Stimme mochte ihm gesagt haben, daß der allmächtige Gott das Vertrauen des Mägdleins in Gnaden lohnen werde.

Der Wanderer hatte viel mit dem Kranken zu sprechen von Vergangenheit und Zukunft und verweilte mehrere Tage auf dem Hofe. Teils durch Albrecht, teils durch Franzl selbst erfuhr er, daß es hier im kleinen so gegangen sei, wie's allezeit in der Welt im großen geht. Der alte Hausherr hatte nach manch schwerem inneren Kampfe das Heil seiner Seele in Friedels Buch gefunden. Seine eigene Tugend war ihm mehr und mehr als ein unflätig Kleid erschienen, das er gern abwarf, um sich mit der reinen Seide der Gerechtigkeit Christi zu schmücken. Albrecht war ihm mit Weib und Kind auf diesem Himmelswege gefolgt, während Peter mit den Seinen sich verächtlich davon abwandte. Zwiespalt und Streit war durch ihn entstanden; ja, er hatte sogar gedroht, das Buch dem Priester zu bringen und die Hausgenossen als Ketzer zu verklagen. Die Ehrfurcht vor dem Vater hatte ihn wohl bisher abgehalten, diese Drohung auszuführen; was er aber tun würde, wenn dieser die Augen schloß, konnte niemand wissen. Darum hatte Albrecht den Entschluß gefaßt, nach des Vaters Tode dem Bruder den Hof zu überlassen und mit Weib und Kind in die Augsburger Gegend zu ziehen, wo es evangelische Gemeinden gab.

Am dritten Tage saß Friedel am Bett des Alten und sprach mit ihm von der weiten Land- und Seefahrt, die er antreten wollte. Mit Staunen vernahm Franzl, wie unermeßlich groß die Entfernung und wie gefahrvoll die Reise sei.

„Hast du denn auch Geld in der Tasche, mein Sohn?" fragte er endlich.

„Sehr wenig. Ich verdiente etwas in Passau; auch gab mir der Pfarrer ein Zehrgeld. Tobi hat auch seit Jahren alles aufgespart, was Ihr ihm etwa an Festtagen schenktet. Es ist ein straffes Beutelchen. Wenn wir uns als Schiffsknechte vermieten, kommen wir wohl den Rhein herab, vielleicht auch bis England. Dort aber gibt's gute Leute, die sich lutherischer Auswanderer annehmen, besonders der Salzburger. Das saget mir mein Johannes und auch der Pfarrer."

„Und Ännchen?" fragte Franzl lächelnd. „Soll sie auch als Schiffsknecht arbeiten?"

„Oh, für Ännchen sorgt Gott gewiß!" rief Friedel. „Es darf keinen Mangel leiden."

„Da hast du recht! Aber Gott sorgt oft durch Menschenhand. Du weißt wohl kaum, wieviel man bedarf für eine solche Reise. Rufe mir doch den Albrecht her, wenn er daheim ist."

„Er schafft im Garten; Peter und seine Leute sind auf dem Felde."

Albrecht kam. Der Vater gab ihm einen kleinen Schlüssel, den er unterm Kopfkissen verborgen hatte. „Geh' in den hinteren Keller", sprach er, „und öffne die Tür in der linken Ecke. Noch nie öffnete sie eine andere Hand als die meine. Was du in dem Loch findest, das bringe her."

Es währte eine Weile, ehe Albrecht wiederkam, denn das Schloß war sehr verrostet gewesen. Er trug eine kupferne Schachtel, die schwer und fest geschlossen war. Mühsam richtete sich der Greis im Bette auf und öffnete, auf eine verborgene Feder drückend, den Deckel. Mit Staunen sah Friedel, daß das Gefäß bis zum Rande mit Gold- und Silbermünzen gefüllt war.

„Das ist der Sparpfennig meines langen und arbeitsreichen Lebens; ja, ein Teil davon stammt noch von meinem Vater her. Gott segnete mich so reich, daß ich es zurücklegen konnte, ohne jemand davon zu sagen. Du, mein Albrecht, warst mir ein treuer Sohn, und dir, als dem Ältesten, gebührt von Rechts wegen der Steinhof. Aber du hast das gute Teil erwählt und willst in die Fremde ziehen, um Gottes Wort zu haben mit den Deinen. Nimm jenes Tuch und breite es vor mir aus."

Albrecht gehorchte, und der Alte schüttelte ungezählt ein Häuflein Gold und Silber hinein. „Dies nimm zur Gründung einer neuen Heimat und zur Erziehung deiner noch unversorgten Kinder."

Nun forderte er noch ein Tüchlein, füllte es mit geringerer Menge und reichte es Friedel. „Dies ist dein, zum Dank für das heilbringende, unbezahlbare Buch; und dem holden Mägdlein zum Dank dafür, daß es mich wie ein Engel gepflegt. Es ist zart und fein; du mußt es wohl hüten und gut halten auf der langen Reise. Dies dritte

Teil aber verschließt wieder im Keller. Peter wird es nach meinem Tode finden, und vielleicht wird er's nötig haben; denn ich fürchte, daß Gottes Segen vom Hofe verschwinden wird, wenn man Gottes Wort daraus vertreibt."

Erschöpft lehnte er sich ins Kissen zurück. Beide küßten seine Hände und dankten ihm mit Tränen für die überreichte Gabe. Dann trug Albrecht auf sein Geheiß die Schachtel wieder ins Versteck.

9. Ins Land der Freiheit

Einige Tage später hielt der wilde Junker oben im Schlößchen ein großes Festgelage, wozu viele vornehme Gäste aus der Umgegend geladen waren. Auch die meisten Hüttenleute waren hinaufgelaufen, um etwas von der Herrlichkeit zu sehen, die lustige Musik von ferne zu hören, und etwa ein Stück übrigen Braten aus der Küche zu erhaschen.

Während es nun oben gar hoch herging, war's im Steinhofe still und feierlich. Im Auszugstübchen knieten die drei Auswanderer um Franzls Bett, und er segnete sie und betete inbrünstig mit ihnen um Schutz und Hilfe auf der gefahrvollen Reise. Lange ruhte seine welke Hand auf Ännchens blondem Haupt, und große Tränen rollten ihm dabei über die eingefallenen Wangen. Er liebte die junge Braut wie sein eigen Kind. Auch von Albrecht und seiner Familie gab's einen schweren Abschied. Peter hatte sich hinaus aufs Feld gemacht ohne ein Wort des Lebewohls.

Bald darauf fuhr ein schmuckes Bauernwäglein durchs stille Tal; Friedel, Ännchen und Tobi saßen darin; umgeben von inhaltreichen Bündeln. Unzähligemal schauten sie zurück nach dem Hofe, bis er endlich ihren Blicken entschwand. So mühselig und reich an Beschwerden Friedels frühere Wanderungen gewesen waren, so ruhig und sicher ging die Reise nach Basel vonstatten. Schon nach einigen Tagen fanden sie eine evangelische Kirche, wo der freundliche Pfarrer dem Friedel sein Ännchen antraute. In schlichten Reisekleidern standen sie vor dem Altar; doch hatte Tobi aus taufrischen Wiesenblumen ein Brautkränzlein für Ännchen gewunden.

In Basel bestiegen sie ein Rheinschiff und fuhren den herrlichen Strom hinab. Die beiden Männer verdienten ihre Fahrt als Schiffsknechte, um mit Franzls Geschenk sparsam umzugehen. Ännchen nähte und strickte gar emsig und schaute verwundert in die große, weite, schöne Welt hinaus, von der sie bisher nur so wenig gesehen.

Aber so recht wohl ward dem Friedel erst, als sie in Rotterdam ein Seeschiff bestiegen hatten und das Land mehr und mehr ihren Blicken entschwand. Jubelnd drückte er Ännchen ans Herz und rief: „Nun bist du erst recht mein; nun kann mich kein Werber mehr von dir reißen!"

Gott fügte es, daß sie auf diesem Schiffe einen erfahrenen, wohlmeinenden Mann kennenlernten, der sich ihrer annahm und sie dem Herrn des Auswandererschiffes empfahl. Sehr groß war die Freude, als sie unter den Mitreisenden eine kleine Anzahl Landsleute fanden, die mit ihnen das gleiche Ziel hatten. —

Die Salzburger, welche vor Jahren nach der Vertreibung aus ihrer Heimat nach Amerika ausgewandert waren, hatten im Staate Georgia, nicht weit von der Stadt Savannah, eine Ansiedlung gegründet, der sie den Namen Eben-Ezer, d. h. Stein der Hilfe, gaben. Die an Beschwerden so reiche Zeit des ersten Anbaues war nun überstanden; freundliche Hütten waren aufgebaut, Gärten grünten und blühten, und die Felder trugen mancherlei Getreide. Mitten drin, von jedem leicht zu erreichen, erhob sich ein schmuckes Gotteshaus, Jerusalemskirche genannt. Zwar stand das Land unter englischer Regierung, doch genossen die Ansiedler, solange sie sich friedlich und ehrbar hielten, die vollste Freiheit; besonders hinderte sie niemand daran, ihres Glaubens zu leben.

Heute, an einem heiteren Spätsommertage, herrschte große freudige Aufregung unter jung und alt. Es war Nachricht gekommen, daß ein im Hafen von Charleston eingelaufenes Schiff wieder eine Anzahl aus Salzburg stammender Einwanderer gebracht habe. Diese erwartete man nun mit Freuden, und jeder wollte gern die neuen Brüder herbergen und erquicken. Jetzt zeigten sich in der Ferne Staubwolken, als nahten sich mehrere Wagen. Zum feierlichen Zug geordnet, ging die Gemeinde den Fremden entgegen und stimmte, sobald die Wagen näher kamen, den schönen Gesang an: „Lobe den Herren, den mächtigen König der Ehren!“ Bei den Worten: „Der dich auf Adelers Fittigen sicher geführet“, hielt der erste Wagen an. Ein schöner, hochgewachsener junger Man sprang, kräftig in das Lied einstimmend, herunter und half seiner zarten, lieblichen Frau sorglich beim Absteigen, während ein seltsames verwachsenes Männlein die Pferde hielt. Nach und nach kamen auch die andern heran. In ernster, freundlicher Rede begrüßte sie der Pfarrer; dann aber ging's an ein frohes Begrüßen und Händedrücken, bis die Gäste verteilt waren und von ihren Wirten heimgeführt wurden.

Bald saßen Friedel und Ännchen in der sauberen Hütte eines älteren Ehepaars und wurden mit dem Besten erquickt, was man nur aufzutragen hatte.

„Würdest du wohl“, sprach der Wirt nach der Mahlzeit, „noch einen kleinen Ausgang machen, ehe ihr die Ruhe aufsucht? Ich möchte euch unserm Ältesten vorstellen. Er freut sich innig, daß wir wieder Zuwachs erhalten; doch hindert ihn sein hohes Alter, an der Begrüßung teilzunehmen.“

Sogleich begab man sich auf den Weg, der zwischen wohlgepflegten Gärten hinführte, und erreichte bald das nette Häuschen des Ältesten. Um den milden Sommerabend zu genießen, saß er auf der Bank vor der Tür. Er war ein sehr alter Mann mit weißem Haar und Bart, aber ungemein frischen, heiteren blauen Augen. Einige hübsche Kinder, wohl seine Enkel, spielten um ihn her.

„Hier bring' ich Euch meine Gäste", sprach der Ansiedler, „damit Ihr doch gleich den jüngsten, aber auch den stattlichsten der neuen Ankömmlinge kennenlernt."

Aber was war das? Der Gast hatte dem Greise eine Weile ins Antlitz gesehen; nun fiel er plötzlich vor ihm nieder und barg, vor Erregung zitternd, den Kopf in seinen Schoß.

„Pate Rudi", rief er, „o lieber, guter Pate Rudi; ich bin ja dein kleiner Friedel! Im Preußenland wollte ich dich suchen und finde dich nun in Amerika!"

Die Freude des ehrwürdigen Alten war ungemein groß; er liebkoste den hochgewachsenen Mann, als sei er noch ein kleiner Knabe von ehemals, und schloß die junge Frau, die ihm zärtlich die Hand küßte, gleich in sein liebreiches Herz. Nun begann ein Fragen und Erzählen, das schier kein Ende nehmen wollte! Freilich war's nicht nur Erfreuliches, was sie einander zu berichten hatten. Rudi war tief ergriffen, als er von dem schnellen, einsamen Tode seines alten Andreas hörte. Friedel aber fragte vergebens nach der treuen Magd Zenzi, die so schöne Märlein erzählt hatte. Sie war auf der Seereise gestorben und harrte in der Tiefe des Meeres ihrer Auferstehung.

Indessen war auch Gundel, Rudis verheiratete Tochter, hinzugetreten und mahnte den Vater, daß es hohe Zeit für ihn sei, zur Ruhe zu gehen. „Du hast recht!" sagte der freundliche Greis. „Laß mich nur meinem großen Patenkind noch schnell sagen, wie es kam, daß ich, statt nach Preußen, übers weite Meer gezogen bin. In den langen Winterabenden wollen wir uns dann nach Herzenslust alle unsere Schicksale erzählen. Du weißt wohl noch, Friedel, wie krank und matt ich war, als wir die traute Heimat verlassen mußten. Als wir nach Augsburg kamen, glaubte ich mein Ende nahe und lag lange danieder bei gastfreien Glaubensgenossen. Als ich unter ihrer treuen Pflege endlich doch genas, waren die meisten der Gefährten längst weitergezogen, außer einer kleinen Schar, die sich entschlossen hatte, übers Meer zu ziehen. Mein Schwiegersohn gehörte mit Weib und Kind dazu, und Gott stärkte mich wunderbar, daß auch ich die weite, beschwerliche Reise unternehmen konnte. Hier hab' ich noch jahrelang rüstig schaffen dürfen, aber nun ist's vorbei. Ich kann nur noch ein wenig guten Rat geben und das kleine Volk hüten. Du aber, mein Sohn, bist jung und stark, und das ist gut. Denn hier gilt's alle Kraft dransetzen und so recht im Schweiße des Angesichts sein Brot essen."

Die Wahrheit dieser Worte erfuhr der junge Ansiedler in reichem Maße; aber auf eigenem Grund und Boden zu arbeiten ist für den rechten Mann eine Lust. Sehr hatte man sich gefreut, daß er ein gelernter Müller war, da notwendig eine zweite Mühle gebaut werden mußte. Ehe der Winter kam, stand sie schmuck und fertig da mit nettem angebautem Wohnhäuschen, vom Garten umgeben. Weiter draußen war das Ackerland, das Tobi mit großem Eifer zurichtete, damit es im Frühjahr bepflanzt und besät werden konnte.

Dieser treue Knecht war im fremden Lande sogleich daheim gewesen. Schon auf dem Schiffe hatte er als Krankenpfleger, Kinderwärter, Koch und Flickschneider Wunderbares geleistet und die Herzen der Gefährten im Sturm erobert. Hier wohnte er zwar in der Mühle, half dem Friedel wacker und schaffte frühmorgens, wenn noch alles schlief, im Garten, um es Ännchen zu erleichtern. Dennoch ward er bald der Freund und Vertraute der ganzen Niederlassung. Wo Not einkehrte, rief man den Tobi herbei. Und wenn er aufs Feld oder in den Wald ging, lief immer ein Häuflein Kinder hinter ihm her, denn sie hingen an ihm wie die Kletten.

Daß die Mühle ein wenig abseits von den übrigen Wohnungen lag, war allen lieb und recht; besonders freute sich Ännchen darüber, da sie stets einen Hang zu Stille und Einsamkeit behielt. Während Friedel bald lebhaften Anteil an dem Wohl und Wehe der kleinen Gemeinde nahm und gern mit den wackeren Männern verkehrte, verließ Ännchen nur selten ihr trauliches Heim, das sie so schmuck und sauber hielt wie nur möglich. Aber wenn die Töne des großen Hornes erschallten, das zum Gottesdienst rief (eine Glocke besaß man noch nicht), dann ließen beide alle Arbeit stehen und eilten dem lieben Kirchlein zu.

O wie herrlich war es, Gottes Wort so reichlich hören und so wohl lernen zu dürfen! Jetzt erst merkten sie, wie gering ihre Erkenntnis noch war. Heller und immer heller erleuchtete die himmlische Wahrheit ihre Seelen, und ihr Glaube ward fest und stark. Auch lernten sie jetzt erst den Segen christlicher Gemeinschaft kennen. Hatten sie doch bisher so allein gestanden!

Auch an Freude und Kurzweil fehlte es nicht ganz. Gar fleißig ward der Gesang geübt; nicht nur im Kirchlein, auch in Feld und Garten erklangen die herrlichen Lieder zu Gottes Ehre. Nach treu getaner Arbeit konnte Friedel mit der Flinte durch den Wald streifen und manch guten Wildbraten heimbringen, ohne eines Edelmannes Rache fürchten zu müssen. Gern saß er am Feierabend oberhalb der Mühle am klaren Wasser, und manch silbernes Fischlein blieb an seiner Angel hängen. In solchen Stunden flogen seine Gedanken gar oft zurück ins alte Vaterland, in die Talmühle, zu des Großvaters Hütte, ach, auch an die einsame, öde Stätte, wo er bei der Leiche seines Johannes gekniet!

Ein halbes Jahr mochten sie wohl in Eben-Ezer sein, als ein Brief vom Steinhofe ihnen die Kunde von Franzls seligem Tode brachte. Sein letztes Gebet war das Verslein gewesen, das ihm Friedel einst aufschreiben mußte, nachdem Frau Marie gestorben war. Albrecht schrieb, er rüste nun mit den Seinen zur Wanderung nach Augsburg.

So weilten nun alle, an denen Friedels und Ännchens Herzen gehangen, nicht mehr in der alten, sondern in der himmlischen Heimat!

Aber in der neuen irdischen Heimat ward es bald lebendig. Ein munterer kleiner Bube, der den Namen Johannes erhielt, strampelte in der Wiege, die Friedel selbst gemacht. Pate Rudi durfte sich noch an ihm erfreuen und meinte, er werde groß und stark werden wie sein Vater. „Mag er immerhin wachsen", sprach der glückliche Vater; „hier fängt ihn kein Werber! Aber was Rechtes lernen soll er in unserer lieben Schule, mehr und besser als ich, um, will's Gott, vielleicht selbst ein Lehrer zu werden."

Der kleine Johannes war wirklich ein kluges Kind, dazu frisch, kräftig und überaus liebreich, so daß er das zarte Schwesterlein, das ihn aus der Wiege und vom Schoß der Mutter verdrängte, mit großer Freude begrüßte. Es ward Marie genannt und war vom ersten Tage an Tobis Liebling.

Nun hatte Ännchen vollends keine Zeit mehr, darüber nachzudenken, ob die alte oder die neue Heimat schöner sei. Geschäftig und freundlich war sie immer, und ihr liebliches Antlitz strahlte in stillem Glück.

Einmal aber fand Friedel sie an der Wiege des Kindes sitzend, in tiefes Sinnen versunken, mit Tränen in den Augen.

„Was kümmert dich?“ fragte er. „Hat dir jemand ein Leid getan?“

„O nein! Ich gedachte nur der verlassenen Gräber im heimatlichen Tale. Kein Mensch wird ihnen mehr nahen; kein Blümlein wird mehr darauf gelegt werden. Vielleicht sind sie schon eingesunken und nicht mehr zu erkennen.“

„Aber der Himmelsherr wird sie finden“, erwiderte Friedel. „Wenn die letzte Posaune ertönt, wird er auch die Geliebten erwecken und uns mit ihnen vereinen auf ewig!“